時々旅人じゃない人がいるのはな
名無しの
鉱ってことは
石類は手に
るんだろうけどではない
意外とたくましいなオ
草生えるw
ばくだんいわ採用
運営の

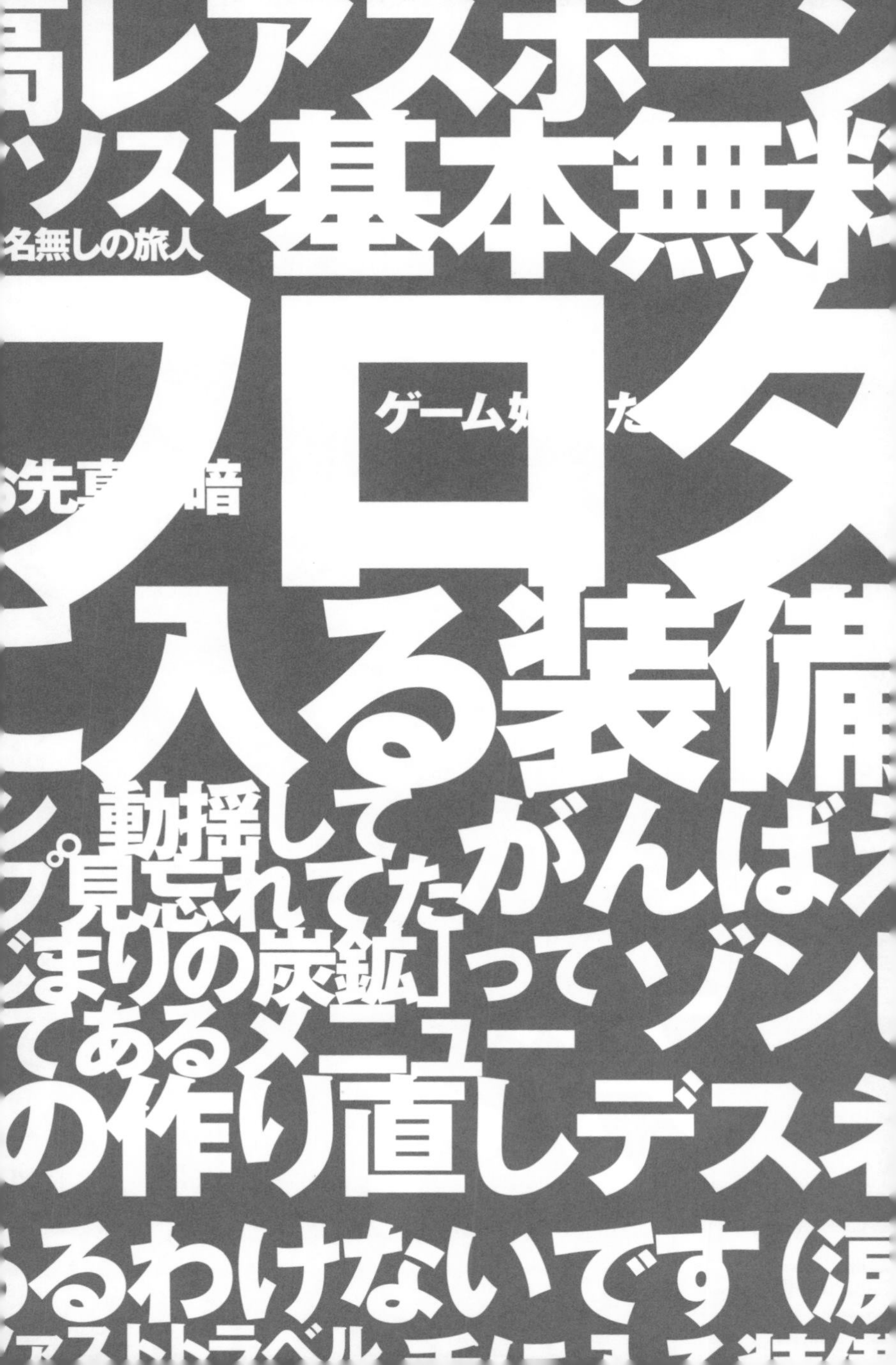
レアスポーン
ソスレ基本無料
名無しの旅人
フロスト
ゲーム好きた
先輩暗
入る装備
動揺してがんば
見忘れてた
まりの炭鉱」って
であるメニュー
の作り直しデス
るわけないです（涙
アストトラベル

CONTENTS

掲示板の
皆さま
助けて
ください
2

ワールドマップ

ダンジョン（大型）

プロローグ

ＶＲＭＭＯＲＰＧボトムフラッシュオンライン――略称ＢＦＯ――の運営会社『ソンソン』にて、一人の男が優雅にコーヒーを飲んでいた。どこで買ってきたのか、ピンク色のスーツがまぶしい。

彼――松村の朝は一杯のコーヒーから始まる。

日頃のストレスをストリートダンスとこのコーヒーで癒やすのが俺のスタイルだとニヒルに笑う。その時の彼はまるで、一枚の美しい絵画のようだった。

……という感じで自分に酔っていた。現実逃避気味に。

「松村君、今そういうのいいから」

「主任……少しは気持ちを落ち着かせてから挑みたいんですよ。俺だってね、日頃の鬱憤ってものがあるんです。参加者リストに『ロポンギー』の名前がないのに安堵していたら……なんですか、この子は」

松村が自分のデスクのＰＣモニターを叩いた。そこに映し出されているのは『桃色アリス』という名の幼いプレイヤーである。思い返せば、彼女が最初にやらかした時点で胃が痛くなったものだ。

ＢＦＯはいまだ海に関しては未調整部分が多く、アクア王国へ入る方法は限られている。基本的な方法としてクエストを進めることでいくつかの侵入経路を用意していた。

その中でも主に知られているのはクエストを受注して船に乗り入国する方法だが、中には変わり種も存在している。

一部界隈（かいわい）ではロリ巨乳と有名な『ディントン』というプレイヤーたちが使った海賊に捕まって飛ばされるという移動方法もあったが、それは移動クエストの中では最も難しいものだ。そのため運営側も誰かがそのクエストを進めたらすぐにわかるようにしていた。難易度が理不尽なのでクレーム対策として。

「別にクリアするのはいいんですよ。難しいですが、クリアできないわけじゃない。開発側だって自分たちでテストプレイして攻略して難易度をチェックしている」

「私だってやったからねー、アレ。でもほとんど名作アクションゲームとかのパロディなのよね。難易度自体は高いけど知識があれば攻略できちゃう感じの」

謎解き系の有名なヤツと付け加えられる。松村の頭の中では、世界を救うために戦う剣士が主人公の、往年の名作が浮かんでいた。

実のところ、牢獄の中で色々アイテムを探し、身を隠しながらギミックを解除していけば攻略できるのだ。強制レベル1なのだから当たり前であるが。なので、初攻略者であるディントンたちが行った強行突破でなくともクリアできるようにはなっていた。

まさか運営側も初攻略者がステルスミッション[※1]的な攻略ではなく、外から味方を呼んでの真正面から強行突破なんて暴挙に出るとは思っていなかった。せっかくの仕掛けが、と嘆いたもので

【※1】ステルスミッション。敵に見つからないようにゴール地点に向かうゲーム

ある。もっとも、後に普通に攻略してくれたプレイヤーは現れたが。

　アクア王国――城の地下にある牢獄は別イベントでも使おうと思っていたので、力技でも突破できるようにはしたが……本来ならそれはレベル40ぐらいを前提としたものだった。だから、強行突破しようとした時に出てくる衛兵はそのぐらいのレベルを想定した強さに設定してあったのだが……彼女たちがその時やったように、途中までは爆発アイテムや、NPCの挙動を利用して進むことはできるが最終的には追い詰められていただろう。外部からの手助けを想定していなかったわけではないが、さすがにあの助け方は予想外だった。

「爆弾で突破はまだいいです。ベヒーモス戦の時点でこういうことをするプレイヤーが出てくるのは分かっていました。あと、ゲームなのをいいことに無茶な挙動をするプレイヤーも出るのは分かっていましたよ。そういうものですし」

　裏技を探そうとするプレイヤーというのは昔から一定数いるものだ。それもまたゲームの楽しみの一つである。まあ無茶な挙動を利用しているのは大分ギリギリな感じがある。

　それに、オンラインゲームではマナー違反ととられかねない。笑い話で済む範囲ならまだいいが。

「でもなんで空飛べるんですかねぇ……飛行アイテムとかスキルの実装っていつごろの予定でしたっけ？」

　桃色アリスが使ったのは魔法の反動を利用した空中移動方法。それにより、外部からディントンと他2名のプレイヤーを救出することで移動クエストを完了させた。

運営開発も魔法の反動については承知の上であったし、ネタ的にロケット発射デース！　と、主に松村に突っかかってくる金髪の似非（えせ）外人口調の女性社員が中心となって、妙なことを叫んでテストプレイで遊んでいたりもした。

しかし、彼らも空中移動を制御できるプレイヤーがいるなんて夢にも思わなかったのだ。

「飛行スキルの実装……少なくとも来年以降になるわよね。予定では新大陸を追加するし、移動距離が今以上に増えるからそれに合わせて移動時間の短縮をするし」

「ハァ……前倒し、ですかね」

「いや、今のところそれはないわね。気になって彼女のスキル使用状況とか調べたけど、あれMP消費えぐいわよ。今は装備で緩和しているけど、そう長くはもたない」

実際、MP切れで落ちたダメージで何度も死に戻りしている。

それに加えて運営側、開発側でも同じことをどうやったらできるか検証もした。どういった手順を踏めば空中での移動を制御できるか桃色アリスのスキルログも参照して試したが……かなり微細な動作をしていることが判明したのだ。

ほとんどのプレイヤーはあの動きを真似できないだろう。可能ではあるが、何でできるのかわからないと口をそろえていた。

「それになんですかあの大砲移動……」

松村の脳裏によぎったのは、ロポンギーたちが海岸に設置した大砲で村とアクア王国を行き来する方法だ。いくらなんでもあんな無茶な方法、アリなのかよと思っていたのだが……上司から出てきた言葉は予想外のものだった。

「え？　あれ想定の内、っていうかネタとしてだけど意図的に入れた移動方法よ」

「――は？」

「元々あの海賊に捕まって樽に詰められての移動とか、それ系は大砲移動のヒントみたいなものよ。プレイヤー側もそれを元に色々と試せばいけるかもねー、って感じで」

「そういうのは情報共有してください……」

　頭を押さえながら、松村は「この上司は」と嘆く。

　これは他にも自分の知らない仕様があるな、とこの際だからチェックし直すことを固く誓った。

もっとも、先に踊り倒してストレス発散してからだが。

「じゃあ、この子に関してはスルーでいいんですか？」

「そうねー、別段放っておいてもいいと思うわよ。ログを見た限り、炭鉱夫君……今は村長君だけど、彼らと一緒に遊んでいるみたいだし。しばらくは周辺と古代遺跡ダンジョンで遊ぶでしょう」

「あのあたりエンドコンテンツのつもりで実装した、高レベルフィールドなんだけどなぁ……少なくとも、今後のアップデートでレベルキャップ[※2]を解放してから奥に進めるようになるやつ。誰ですか、初心者エリアに隣接させようとか言い出したの」

「新藤君ね」

「アイツか……どうせ、このジェット噴射の子に【一発屋】を進呈したんでしょう。案の定大暴

【※2】レベルキャップ。レベル上限のこと。アップデートで上がる場合も

れしていましたし」

「いい絵が撮れたからね。あと、見事なカウンター合戦をしてくれた二人と、ソロ部門でやたらと目立っていた人たちにも渡されていたわ」

「……サムライの彼、荒れているでしょうね。自分だけやられたシーンが目立っていたじゃないですか」

運営からのメールが届いたとき、サムライの彼――『よぐそと』は「複雑でござる」とつぶやいて村の面々から笑われていた。なお、どこから情報が漏れたのかわからないが、今回【一発屋】を取得したのが一人を除いて全員掲示板メンバーだったため炭鉱夫一門から一発屋軍団へと呼び名が変わってしまったが。

なお、ソロ部門で目立っていたプレイヤーというのは上位3名の探偵（ポポ）、怪盗（イチゴ大福）、旅人（ニー子）である。結局は周りに村長と呼ばれる彼――ロポンギーの知り合いだ。

「まあ、あの称号は完全にネタでしかないし、他に称号を持っていなかったらとりあえず装備するぐらいの価値しかないけどね」

そのため、他に称号を持たないアリスだけは付けている。ロポンギーも持っていることをアリスは知っているが一緒に付けてお揃いにしたい自分と、さすがにこれはダメだろうという自分で葛藤していたが、わずかに良心が勝ったので言い出さずにいた。

「まあ、彼らに関しては要観察ということで。特にロポンギー君はバグも何度か見つけているし、今後も何かしらあるでしょう」

「そうなりますね……辺境にいるから、俺がログインして近づくとあやしまれるだろうからなぁ」

「いっそ特殊アバターのモンスター型使う？」

「遠慮しておきます。爆殺(ばくさつ)されたくないんで…………そういえば、彼ら村の復興クリアしたんですよね。夏イベントはプレイヤーの村や町があると助かりますからそこは良かったですね。ウチ、結構な人手不足でイベント用にフィールドを飾り付けるところまで手が回りませんし。あ、そういえば名前どうなりました？」

「ああ……志〇スペ〇ン村で申請していたから却下したわ」

「それは英断だと思います」

第一章　イベントは、始まるまでも結構楽しい

このゲームにおける【村長】は上位職の一つである。特定の生産職で奥義スキルを習得すると村長に転職できるクエストが発生する。僕が遭遇した幽霊が、その一つだ。

村長はスキル構成がかなり特殊で、名前の通り自分の村を持つことになる。そして自分の村の産業や特産物に関連したスキルを習得できる。我らが村であるなら、【炭鉱夫】と【農家】のスキルや特性が使えるようになる、といった感じだ。僕らの村にはいないが、NPCがいる村の【村長】になった場合でもNPCの職業に対応したスキルが使える。

また、奥義スキルも含めて元の職業で覚えたスキルを引き続き使える。そのため、最初からかなりの数のスキルを扱えた。まあ、固有の奥義スキルはないみたいだけど。

その反面、厄介なことに能力値の上昇補正が低いのが欠点だが……かろうじて旅人より上、というぐらいだ。また、パーティーメンバーに自分の村の村民（そんみん）がいれば、自分と村民には能力上昇のバフがかかる。

「強いことには強い。でも村づくりしないといけない上にレベルも低い……そして、村長の能力を活かすにはまずやらなくてはいけないことがあるわけだよワトソン君」

目の前にいるひげ面の巨漢にそう言うと、即座にツッコミが返ってきた。

「誰がワトソンじゃ。じゃが、大事なことじゃな……早く決めなくてはのう」

「わかっているなら早く決めなさいよ」

いかにも魔女、という格好の妙齢の女性が僕にそう言うが、それができない遺憾(いかん)な理由があるのだ。

「だって運営が即却下したんだぞ！　この村の名前！」

「当たり前よ！　なんであの名前にしたの！」

僕の右手が勝手にあの名前を入力していたのだ。僕は悪くない。

なのにみんなは却下されて当然とばかりに反論してくる。ちなみに、雰囲気で名前を決めなくてはいけないと言ってはいるものの、実際のところデフォルトのままでも構わない。なお、デフォルトでは『忘れ去られた村』である。

「ダメだこの人。そもそも能力そのものには関係ないじゃない……そっちの和風二人は何か意見ある？」

浪人風の男性と派手な姿のくノ一に話を振るが、こちらも微妙な顔で答える。

「某(それがし)としては特にないでござるなぁ……それに、こっちは教会を建てるための資材集めで忙しいのでござるよ」

「資材、というか神様の像を手に入れなくてはいけないでござるから、あっちこっち探し回っているんでござるからね。この世界の神様って三柱――正確には違うのでござるが――もいるでござるから、色々と面倒なのでござるよ。マジ面倒でござる」

くノ一装束の女性はやれやれといった風に首を振る。

そもそも神様の像はほとんど家具としての利用価値しかなかったのだ。手に入れてもマーケットで流すよりＮＰＣに売るほうが儲かるからすぐに消えていくし……そのあたりの話は詳しくないが、男神が一柱、女神が二柱いるらしい。メインで信仰されているのがこの三柱で、他にもいることはいるけど、教会にはなぜか像は祭られていない。

このゲームにおける教会の条件が、この三柱の神様たちを祭っている場所、となっている。極端な話、神様の像か何かシンボル的なものなどを用意して、決められた様式で奉ればそれでいい。

ただし、プレイヤーが自分で教会を作る、壊れた教会を直す場合はさらに決められた像や祭壇などを揃えなくてはいけない。教会を建てられる場所自体も限られている。プレイヤー自身でマップを開拓する要素はあるものの、数も少ないし旨味もあまりないのでその手のコンテンツに手を出すプレイヤーは少ない。たぶんそのうちそういった要素はなくなるだろう。だからこそ、早期に手を出す僕らみたいな人がいるわけだが。

「いや、『その分クリアしたら強力なスキルを貰えるんだから自分たちでやりたい』って言い出したのアンタらでしょうが」

教会の立て直しは特殊クエスト扱いで、クリアするとアンデッド系などの敵に特効[※3]がかかる特殊なスキルを貰えるのだ。修復貢献度が高い二人だけのみ取得可能だったからこうしてこの二人が率先してクリアしようとしているんだけど……時間がかかってしまっていたので、怒られているわけである。

あと、強力とは言っても現状での話だから……代替スキルは普通に実装されると思う。

【※3】特効。特定の条件を満たした際に効果が上がること。夏のイベントは大抵水着が特効装備

「魔女殿、わかったでござるから……」

「他のメンバーもいてくれたらなぁでござる。チラッ、チラッ」

本日ログインしているのは僕とひげもじゃの鍛冶師『ライオン丸』さん、少し物静かな浪人風の男性『よぐそと』さん、若干スチャラカの相が出ているくノ一『桃子』さん。そして魔女『みょーん』さんの5人だ。他の村民たちは用事だったりとログインしていない。まあ、僕がログインしていない時間帯に入って作業している人たちもいるけど。

「はぁ……で、そっちのアホコンビは村の名前早く決めなさいよ。基本村長が決めていいものだけど、あんまりふざけすぎないでよ」

「大まじめだったんだけどな……」

「まったくじゃや。運営は洒落をわかっておらん」

「だからってその名前はアウトよ」

「仕方がない。ここはいつもの手で行くか？」

「安価[※4]じゃな！」

「今はいつものメンバーログインしてないわよ」

先ほど掲示板に書き込んだ時、反応がなかったのだ。フレンドリストも確認したが、この場にいるメンバー以外はログインしていませんの表示が出ていたわけである。

「……そういえばそうだった。しかも大部分が村民だからここにいるし、掲示板を使う必要が——いや、元々チャットみたいなものだったけど」

【※4】安価。掲示板では番号指定の意味。転じて、指定番号のことを実行するアンケートにも使う

「このゲーム、チャット機能ないからのう……掲示板が代替機能じゃし」

むしろ、チャット機能を掲示板形式で使えるようにしたと言うべきか……まあ、そのことは脇に置いておこう。まずは村の名前だ。

「村の名前、村の名前……あ、ムラ――」

「ムラ村とか言い出したら殺すわよ」

「――マサって刀、どうやって作るんだろうね？」

現状においてBFO(ぶふぉ)最強の刀、それが【ムラマサ】だ。

「あれはのう、【玉鋼(たまはがね)】がまず手に入らないことには作りようがのう」

「変な誤魔化し方すんじゃないわよ」

「じゃあ、ペンギ――」

「その名前もアウトよ！」

「…………だって、思いつかないんです」

「もうその場のインスピレーションで決めなさいよ」

「…………よし、ならこれで」

命名『ヒルズ村』！

「ぶふっ!?」

「申請、よし通った」

先ほどの却下からこちらをチェックしていたのか、今度はちょっと間をおいてから返事が来た。

「運営⁉　これはいいの⁉　ねえ、いいの⁉」

「ひ、ヒルズだけなら別に大丈夫じゃろ」

「村長の名前とつなげるとアウトじゃないのかなー⁉」

正直やっちまったかなぁとは思うが、もう申請したし通ったから変えられません。

というわけで、ヒルズ村で決定です。村長命令です。

「よし、鍛冶屋の設備強化に行こう」

「そうじゃな！」

「設備が一定レベルで製作物が一定数を超えれば僕も鍛冶師のスキルとれるし」

「それが目的か。まあ、いいじゃろう。鍛冶場が強化されれば武器強化もはかどるぞ」

「ちょ、待ってワタシも行くわよ！　置いていかないでー！」

「結局この名前でござるか……炭鉱夫一門に一発屋集団、そしてヒルズ村。某たち、余計な通り名増えすぎでは？」

「今更でござるよ、よぐそと殿」

@@@

さてと、村の名前も決まったし、まだ作っている最中の設備が色々残っている。

アクア王国までの間に海があるわけだが、そこに橋を架けることのできるクエストが発生したので全員で受注してちまちま素材集めを続けている日々だ。他の施設などは、全員で分担している。先ほどのように和風コンビが教会担当、他の面々もそれぞれ担当がある。

みんなで協力——ようやくMMO[※5]らしくなってきたなと思ったけど、素材集めて建物直したり橋を作ったり……これ、サンドボックスゲームだろうか？

いや、定義としては違うんだったか……そのあたりそこまで知識がないから何とも言えないが。しかし、こう地味な作業が続くと飽きてくるなぁ……一人の時は黙々とやっているだけだったが。いや、時々古代遺跡につっこんだりしていて暇つぶししていたか。

そうだ、古代遺跡で思い出した。

「みんなで古代遺跡に挑戦してみない？」

「……えぇ、あそこはレベル上限到達とかで挑むような場所じゃないのよ。今行ったって返り討ちに遭うだけじゃない？」

実際、何度か返り討ちに遭っている。当時の経験値は尊い犠牲になったのだ。

「行くにしてもメンバーはどうするんじゃ？　全員で挑むのはさすがに無理じゃぞ。今からだと集まらんじゃろうし」

「そこなんだよねぇ。パーティー人数上限の6人は無理でも、せめて4人は欲しいから……あと1人いればいいかなぁって。和風コンビ引き留めておけばよかったかな？」

すでにアイテム集めの旅に行ってしまったので今更の話だが。

「ワシ、村長にみょーんさん……あと1人、どんな人がいいじゃろうか」

【※5】MMO。大規模多人数型オンライン。ロールプレイングゲームを含めるとMMORPG。RPGを略して言うこともある

「え、ワタシ入ってるの？」

もちのロンである。

「ワシも古代兵器のパーツは欲しいし、行ってみたいんじゃが……村長、絶対死に戻る前提で話しておるじゃろ？」

「まあ、そうだね」

「とりあえず金とアイテムは預けておくか」

「…………しかたがないわね。ワタシも気になるし、次に来た人捕らえて連れて行きましょう」

「よーし、とりあえず誰かコイコイ」

というわけで、５分ほど待っていたらキラキラとした粒子と共にプレイヤーが出現する。さて、誰が来るかなぁ…………そこにいたのはぴょこんとしたネコミミにしなやかな尻尾。以前と比べて伸びた身長と彼女の戦闘スタイルに合わせて『ディントン』さんが作った赤色のカンフー服。つい最近ケットシーに種族変更した生贄(いけにえ)もとい『桃色アリス』がログインしたのであった。

「桃色アリス、参上です」

「よく来たアリスちゃん――待っていたよ」

僕がそう言うと、アリスちゃんは顔を赤らめた。

「そんな、待っていただなんて……でも、今日は橋の建設をしないと…………あと、夏イベントに向けて綿花を生産したいんですが」

だが、すぐに顔色が戻り僕たちから距離をとろうとしてしまう。

我が村の服飾生産プレイヤーである『ディントン』さんが用意した畑には、大量の綿花が植えられている。素材に使うためどんどん回収して、さらには僕たちも協力して生産していた。

なのでアリスちゃんも育ててはいたが……彼女、ディントンさんのことが苦手で、あまり積極的に関わろうとはしていなかったのに、今回はそれを逃げる口実にしようとするとは。

「まぁまぁ、そう言わずに。橋を作るなら鉄鉱石もいるだろう。さあ、行こうぜ」

「遠慮するです！　いくらお兄ちゃんの頼みでも、そのキラキラ笑顔の時は大抵えらい目に遭うんです。具体的には大砲移動でのお使いとか！　あれ結構大変なんです！」

確かにここ最近、アレコレ頼んでしまっているので彼女の危機察知能力が反応したらしい。

「確保ー！」

「うにゃぁー!?」

「まーたやってるわよ……」

「まあ、遠慮がなくなってきたということじゃ。良いことじゃと思うぞ」

ケットシーに種族変更して以来、アリスちゃんは以前よりとっつきやすくなった。いい意味で我が強くなったように感じる。

以前、種族がフェアリーだった時は寂しさゆえに行き過ぎた行動をとっていた。今では心境の変化などあったためか、大分落ち着いたけど。

「よし、確保したしさっそく突入しよう」

「じゃな！」

「ああもう……どうしてこうなるのしらね」

「……ど、どうしましょう。無理やりも悪くないって思う自分がいるです」

最後、アリスちゃんがとても恐ろしいことを呟いていたが、僕は何も聞かなかったことにした。

良い方向に変わったと言っても、根っこの性格が変わるわけじゃない。時折、危なっかしい発言と共に彼女は僕に好意をぶつけてくる。そのあたりのことは僕たちの間でひとまずの結論は出ているし、今は触れないようにしているけど。

ただ……ライオン丸さんとみょーんさんがかわいそうなものを見る目で、僕たちを見ていたことだけが深く心に刻まれた………誠に遺憾である。

@@@

鉱山内を突き進み、幾何学模様が描かれた四角い通路手前までやってきた。壁の模様が発光しており、ファンタジー系のゲームであるのに妙にＳＦ感がある。

「さて、古代遺跡前まで到着したわけだが……何か意見のある者、挙手」

すぐさまみょーんさんが手を上げる。

「やっぱり帰らない？　ワタシ的には古代兵器を手に入れても無用の長物なのよ」

「………いや、みょーんさんが一番必要な装備構成じゃないか」

「そうじゃな。アンタ、武器は杖だけで魔法特化じゃろ」

「ええ、そうよ。だからあんまり意味ないのよね。近接攻撃なんてほとんどできないし。あと、かさばるのよ」

「……いや、古代兵器って特殊カテゴリだから内蔵されている専用スキル[※6]しか使えないし、起動していなければ箱型のコンパクトな形になって腰とかに引っ付くんだよね」

僕は【古代のナギナタ】しか持っていないけど、掲示板で他に入手した人の話を聞く限り、だいたい同じような仕様らしい。

通常スキル[※7]は使えず、専用スキルのみ。内蔵エネルギー[※8]がなくなると武器としての性能がほとんど失われる。動いている間はとても強力なスキルを使える。

そもそも他の武器だって使わないときは背中に引っ付いている状態だし、そもそも重さなんて感じない。障害物にぶつかりそうになってもすり抜けるから、かさばるなんて理由にはならないのだ。

「って、その仕様なら懐に入られたら無防備なみょーんさんは、保険として装備しておくほうがいいと思うんじゃがのう」

「たしかに、あったほうが便利です」

「なっ!? アリスちゃんまでそういうこと言うの!?」

「実際問題、対策は必要でしょうに。なぜそこまで頑なに装備したがらないのか」

せっかく武器を二つ装備できるのに、魔法特化にするため杖しか装備していないのである。もしくは、護身用短剣か。しかし、そもそもリーチのない短剣だと懐に入られた時点で筋力値と防

【※6】専用スキル。一部武器に紐づけされているスキル。該当武器装備時のみ使用可能

【※7】通常スキル。レベルアップや習得用アイテムなどで覚えるキャラクターに紐づけされるスキル

【※8】内蔵エネルギー。一部武器に設定された専用スキル発動回数や稼働時間の総称

御力の低いみょーんさんは戦えない。というかあっという間にやられる。

だからこそ、魔法に特化させた装備でそもそも近寄らせない戦法なのだろうが……

「絶対に魔法防御力を貫通するスキルとか出るだろうな。というか、【マジックドリル】っていう物理防御力を貫通するスキルがあるから、絶対他にもその系統のスキルあるよ」

僕の使えるスキルの一つ、【マジックドリル】は対象の防御力を無視してダメージを与えることのできる非常に強力なスキルだ。各職業にいくつか設定されている、特殊な条件を満たすことで使えるようになる奥義スキルなのだから当然と言えば当然ではあるけどね。

それでも、自分は大丈夫だとみょーんさんは反論してきた。

「だからその対策で防御力を上げるためにもヒューマンで遊んでいるのよ。魔法系種族選ぶより防御力高いし」

「焼け石に水……むしろ魔法特化でエルフかフェアリーにすればよかったじゃろそこは」

「それか、アリスみたいに種族変更すればよかったじゃないですか……アリスはアイテムモール使えませんので、有料で変えられないですけど、みょーんさんならすぐにできるですよね？」

アイテムモール……つまり課金アイテム販売所の利用は、未成年の場合保護者の許可がいる。僕はほとんど使う気はないが利用可能登録だけはするために許可をもらった。アリスちゃんは未許可の状態で遊んでいるので有料アイテムを買うことはできない。ガチャチケは使えるとのこと。

「……いいの！　気に入っているのよヒューマン！　それにアバターって結構高いのよ!?」

「なんかその魔女ローブキラキラしているなと思ったら有料のアバターなのか」

「………ディントンさんなら性能が良くてデザインのいいもの作ってくれるじゃろうに」

「あの人、そういうことはしっかりやるんですから頼めばいいじゃないかです」

「頼んだらどんな衣装着させられるかわかったものじゃないのよ!?」

……たしかに、あの人そういうところあるけど………どうせ夏イベントの時に水着を着せてくるよあの人。水着着用するイベントなのは告知があったし。

ちなみにイベントだが、水着だとボーナスが入るってことぐらいしか明かされていない……そのおかげでマーケットの水着の値段が上がっていた。ディントンさんが試作品をいくつかマーケットに流していたが、うれしい悲鳴を上げていた。これで欲しかった素材が買えると。

まあ僕は既に水着装備は持っているし、村のみんなの分もディントンさんが張り切って作っている。そのため、彼女は建物と橋の建設にはあまり関わっていない。というか、作業を中断させてまで声をかける勇気が湧かない。下手に声をかけてブーメランパンツとか着させられたら嫌だし。あ、みょーんさんのこと言えないや。

「こちとらいい歳した大人なのよ？　あんたら10代の若者じゃないんだからはしゃいだ水着着られないのよ！」

「……別にゲームの中ならいいんじゃないかなと思うです」

「ワシが10代じゃとなぜわかったし」

「っていうかネトゲ婚ははしゃいだウチに入らないんですかねぇ」

みょーんさん（既婚者・推定20代後半）は、以前遊んでいたネトゲで旦那と知り合ったそうです。

「そうだ、その話を詳しく聞きたかったんです！」

「アリスちゃん、ステイ。周知の事実だけど」

「待って、女性陣には言ったけど、男性陣はなんで知って――ライオン丸ぅぅぅぅぅ!!」

「わ、ワシは何も知らんよー」

「嘘つくな！　アンタは嘘つくと鼻の穴が広がるの知っているんだからね！」

そう言うと、みょーんさんはライオン丸さんの口を横に広げ始めた。というかVRでもそういった癖が出るんだな……なんでBFOってそういうところ妙に力入っているんだろうか。

あと、前々から思っていたが、この二人ってどういう関係なんだろう？　ライオン丸さんはみょーんさんがネトゲ婚なのを知っていたし、なんか気安い関係だし。

「……仲良しさんです？」

「前々から知り合いっぽいけど」

「あー、別ゲームで同じクラン[※9]にいたことがあるだけよ。最近思い出したんだけどね」

「ネトゲ婚もその時に聞いたんじゃよ」

「なるほどです。それはそれとしてネトゲ婚について詳しく」

「アリスちゃん……若気の至りってね、一生後悔するのよ。旦那のことは愛しているわ。でもね、それはそれとしてネトゲ婚ってフレーズは一生ついて回るのよ。このフレーズに耐えられないのなら、おすすめはしないわ」

【※9】クラン。ゲーム内でプレイヤー同士が組むチームのこと。ギルドなどゲームごとに呼び名は異なる

そのみょーんさんの言葉は、とてつもない実感が込められていました。

「愛の前には関係ないと思うです！」

「なんて純粋な瞳なの!?」

「って言うか、みょーんさんがネトゲ婚のことを知っているのに……僕の前で改めて聞くのって
ワザとじゃないかな？」

「そうじゃろうな……で、どうする？」

「いつもの場所で聞く。ただし、できる限り匿名で」

あと一応、個人情報にも配慮をしておこうと思う。

【ネトゲ婚】この空気を何とかしてください【アリかナシか】

1.名無しの村長

パーティーメンバーがネトゲ婚した人なんだけど、ネトゲ婚のフレーズの重さに闇を背負っていらっしゃるので、何とかする方法を教えてほしい

2.名無しの村長

……誰か早く書き込んでくれ、この重苦しい空気をどうにかしたい
ご近所に知れ渡ったら噂されて、引っ越すことになるかもと悩んでいる
彼女に救いの手を

3.名無しの錬金術師

面白いスレを見つけたと思ったら……妙な空気を放っているんだが

4.名無しの狩人

スレタイの時点で地雷臭していたけど、やっぱり地雷トークスレか
人の噂も75日とは言うけど、耐えられるかは別の話だし

5.名無しの忍者

拙者（せっしゃ）としてはー、メッチャアリでござるからぁ、バッチこいなんでござるけどぉ、向こうの人がぁ、煮え切らない態度でェ

6.名無しの剣士

>5そういう話しているんじゃねぇよ

7.名無しの盗賊

なんかウザいんだが……

8.名無しの村長

…………いや、参考になるかもしれない
具体的にはどんな感じで？

9.名無しの剣士

おい>1何考えてんだ

10.名無しの忍者

彼ー、拙者と同じ和風職業でぇ、コンビを組んでいるんでござるけどぉ……なんか、最近この人と一緒にいると楽しいなぁとか色々？　みたいな？

11.名無しの村長

へ、へぇ……本当に好きならそれでいい、的な？

12.名無しの忍者

そう！　好きならそれでいい――最近、そう思うの

13.名無しの村長

とりあえず好きならそれでいいんじゃないですかね、ってアドバイスしたら
「旦那のことは愛しているのよ！　でも、ご近所にネトゲ婚のことが知れ渡ったらと思うと
――ああ、恐ろしい！」って
結局、そこが気になるのか

14.名無しの盗賊

当人たちは納得していても、関係ない周囲が騒ぎ立てることってあるからな

15.名無しの鍛冶師
そのあたりはアドバイスできないなぁ……結婚、羨ましい
気にしないのが一番なんだけどね

16.名無しの剣士
むしろ羨ましいまである
結局、気の合う人が一番ってわけよ

17.名無しの狩人
気持ちはわかるけど。確かに周りのことが気になるよな
それを割り切れる人がネトゲ婚するんだろうけど
それでも気にしてるって、若気の至りで結婚したとか？

18.名無しの演奏家
まあ、最近は珍しくないんだけどな。ネトゲの主流がVRになってきているから、大分生身の人間に近い感覚で知り合うし
昔あったVRゲームだけど、ドラマチックワールドオンラインってタイトルで結婚したカップル多いんだぞ

19.名無しの村長
それは知っている……目の前の人もそうなんだ
ただ、結婚からだいぶ経つから周囲の視線が気になってきたとのこと

20.名無しの探偵

大切なのは、自分がどう思っているかだ。周りの目じゃない、自分が選んで納得したのならそれでいいんだ
それにドラマチックワールドで出会ったなら、確かに結婚からそれなりに経っているだろうな。サービス終了から10年だぞ

21.名無しの旅人
周りの目なんか気にしなくていいんだよ
自分が相手を好きかどうか。結婚ってそういうものだろ——だから、親が勝手に決めるとかダメだと思うんだよ、オレの自由意思を尊重しないあいつら……

22.名無しの狩人
別の闇が漏れてるよー

23.名無しの村長
親が決めるって本当にあるんだ……

24.名無しの忍者
いつか良い人が見つかるでござるよ

25.名無しの旅人
上から目線とかやめてくれますー？　どうせまともに告白もできていないくせに
そもそも勝手に見つけられているからどうしようもできねぇって話をしてんだよ

26.名無しの忍者

ハァ!?　勝手に決めないでくれますー？　少なくとも今は二人っきりで素材集めの真っ最中ですー

27.名無しの旅人

素材集め中なのになんで書き込めるんですかねぇ……

28.名無しの忍者

ちょっと休憩中なだけですー、彼が奥義スキル覚えたから素振りしている間休憩しているだけですー
ちゃんとフラグ立ってますー

29.名無しの村長

あ、相談した人立ち直ったんで帰りますね
なんか、スレ見ていたら「幸せなことには変わりないし、なんだかバカバカしくなったわ」とかなんとか

30.名無しの狩人

それは良かった。それじゃあ僕らも帰りますね

31.名無しの旅人

放置プレイとかワロスなんですけどー、本当にフラグ立ってますかー？

32.名無しの盗賊

やっぱりヤバいスレだったか……

33.名無しの剣士

っていうか、【村長】については誰もつっこまなかったな…………

そんな職業あったんだなw

＠＠＠

掲示板を閉じて、言い合いをしていた二人が誰なのか頭に浮かんできた。

「…………っていうかこの忍者、桃子さんだよな。ござる口調だし。それに、旅人ってもしかして…………気がつかなかったことにしよう。色々な意味で」

そもそも初期職業の【旅人】で初心者相談スレッド以外に書き込んでいる【旅人】のプレイヤーなんてニー子さん以外に思い浮かばないんだよなぁ……。

気が付かなかったことにしようとは言いつつも、脳裏にはあの人が浮かんでいたのだった。親が結婚相手決めるとかお嬢様か何かだろうか？　前に月の限度額がーとか言っていたから未成年ではあると思うけど。

「村長、疲れた顔をしてどうしたんじゃ？」

「みょーんさんも自己解決するんだったら掲示板に余計な火種を蒔くだけになったんだし、僕は何も書き込まないほうが良かったんじゃないかなって」

「それはそうじゃろうが……今更言っても仕方がなかろう」

「だよね」

「今はとにかく、さっさと炭鉱ギルドまで行くのがいいじゃろう」

僕たちは今、鉱山ダンジョンの中を歩いている。僕がゲームを始めた時にスタート地点となったこの付近は大きく4つのエリアに分かれている。初期位置を含めた細い通路全体である『坑道』。倉庫や、プレイヤー間取引機能であるマーケットなどを使える『炭鉱ギルド』。地下に広がる高レベルダンジョンの『古代遺跡』。そして、今現在僕らがいる、モンスターが多く出現し、それなりの広さがある部屋がいくつもある『鉱山ダンジョン』。

そもそも炭鉱ギルドへ行くのに、この鉱山ダンジョンが通路になっているので突破する必要があるわけだが……まあ、ハッキリ言っておこう。サービス開始時から遊んでいる面々が突破できないわけがないと。なので、こうやって駄弁(だべ)りながらでも余裕で目的地にまでたどり着ける。すでに何度も行っているし。

ファストトラベルを行う施設である教会が内部にないので、毎回移動は徒歩だけど。

ちなみにだが、各々時間がある時にダンジョンにもぐり、炭鉱ギルドまで到達しているのでヒルズ村の住民たちは全員一度は【炭鉱夫】になっている。まあ、誰一人として使っていないんだが……。

「アリスちゃんもいつの間にかジョブチェンジしてたしなぁ」

「皆さんから色々と教わりながら作っていたら、いつの間にか変わっていたです」

「職業【クラフター】ってどんな感じなの？」

そう、気が付いたらこの子、僕たちも知らなかった未知の職業にジョブチェンジしていたのだ。いったいどこで見つけたのだろうか？

職業の特性も気になったので、話を聞いてみたが……非常にざっくりしていた。

「いろいろと作れるですよ！」

「補足すると、製作スキル全般を扱える職業ね。ただし、器用貧乏というか……何でも作れるけど、本職以上のものは作れない感じ。ダンジョン内でも整備や製作スキルやら色々使えるからアイテム使って戦う人とかには便利って感じね」

さすがみょーんさん。当人以上に詳しい。

「へぇ……でもアリスちゃんには向かないんじゃ」

「あー、村長はアレ見ておらんかったな」

「そういえばアリスちゃんが奥義習得した時にいなかったわね」

「え、奥義習得したの？」

いつの間に？　条件さえ満たせば誰でも習得できるスキルだけど、面倒だったり大変だったり、そんな感じなのに？

「はい！　とっても強いんです」

……【クラフター】だよね？　生産職なんだよね？　なのに強いとはいったいどういうことなのか。

ライオン丸さんとみょーんさんも目を逸らすし……一体何を手に入れたんだこの子。

気にはなるが、ひとまずは古代遺跡だ。すでにマップでは古代遺跡に表記が変わっているし、そろそろ敵が出てくるポイントになる。油断すると一瞬でこっちが溶けるから慎重に進まなくてはいけない。

こっちが蒸発するってレベルで一気にHPが削れるからな……慣れていないとトラウマになりかねない状況になるのが、これから向かう古代遺跡だ。

「そういえば、この先に他の古代兵器もあるのかしらね？」

「あるじゃろう。広大なダンジョンのようじゃし、下手したら階層ごとにボスがいるとかそういうレベルじゃよここ」

「マップもかなり広く表示されるんだよなぁ……真っ黒だけど」

「ワロス」

「ライオン丸さん!?　笑っている場合じゃないですよ！　前、前から来てます！　こっちに走って来ていますよ！」

アリスちゃんが慌ててそう言う。正直な話、ヒルズ村の住民で最もレベルが低いアリスちゃんだが、プレイヤースキルに関しては断トツだ。ぶっちゃけた話、ヒルズ村住民の中で一番強い。その彼女でも焦るのが、古代遺跡に出てくる敵である。

今回出てきた敵だが……ボール型の上半身で下半身を一輪車にしたゴーレムが走ってくる。腕はホースのような形状で、丸っこい手をしていた。

モノアイ[※10]なのが悪役感出ている。あいつらにも大分煮え湯を飲まされたんだよなぁ……。

「出たわね！　ホイールI型！」

「II型もいるんじゃろうか？」

「いるでしょ。じゃなきゃわざわざそんな名前つけないし」


【※10】モノアイ。単眼。主に頭部にカメラが一つ目のようについているロボに使うことが多い

「しゃべっている場合じゃない！　さあ、戦闘開始よ」

なんだかんだノリノリのみょーんさん。彼女が氷系の魔法でゴーレムを撃ち抜いていく。凍らせて動きを鈍くするつもりなのだろう。ライオン丸さんもハンマーを構えて力を込めていた。

とりあえず、僕のほうも【マジックドリル】を起動して少し腰を落として突撃の準備をした。

「槍スキル【アタックチャージ】。準備できたら突っ込みますんで、援護よろしく」

「ワシも【チャージインパクト】の構えに入っとる」

「アリスも出し惜しみせず、一気にいきますね」

「あと五秒待って。凍らせるわ——よし！」

「どりゃああ！」

「どっ、せい！」

まず僕が突っ込んでいく。溜めた力を解放してダッシュし、敵に突撃するスキルだ。さらにドリルの効果で防御貫通するためかなりのダメージが見込めるだろう。

僕の使用武器はスコップ。剣、槍、斧、盾、杖、魔法、採掘のスキルが使える優秀な武器だ。ただし、見た目は少し間抜けである。

ライオン丸さんのスキルもタメが長いものの、防御貫通が付いていたはずだ。通常スキルなのでダメージ率はそこまでじゃなかったと思うが。

そしてアリスちゃんは……何かアイテムを持ったと思ったら、握りつぶした？

「これがクラフター奥義スキル【スクラップ砲】です！」

「製作したアイテムを消費してエネルギー砲をぶっ放すスキルよ！　二人とも避けて！　かすっただけでもダメージよ！　味方にもね！」

「ちょっ!?　先に言ってくれぇえええ!?」

「あぶなっ」

爛々（らんらん）とモノアイを輝かせていたゴーレムたちを、アリスちゃんの放ったビームが吹き飛ばしていく。アイツらのビームには煮え湯を飲まされていたのだが……まさかこちらもビームで対抗するとは。

だけど、これがあれば結構先まで行けるのでは？

「弱点はクールタイムが30分かかることと、威力がレア度に比例するせいでおいそれと使えないってことね。砲弾が足りない足りない」

「というわけで、次は撃てませんです」

「だから先に言ってと——あ」

「？」

「どうしたのよ、そんな絶望した表情で——」

なんてことはない。ただ、上から人型のゴーレム……いや、オートマタI型が降ってきただけだ。マネキンのような見た目のナニカが、まるでクモのようにカサカサと動くのは実に不気味である。そして、女性陣二人の後ろに着地したそいつらは、腕を鋭利なナイフのように変形させ二人の首を切り裂き——あっという間に彼女たちの肉体は消えた。

「村長、逃げるぞ！」

「蘇生（そせい）させなくていいの!?　一応魂の状態でその場にとどまっているけど」

「そんな暇ない！　ええい、こんなところにいられるか！　ここは村長に任せた！　ワシは先に行く！」

「混ざってる！　なんか色々混ざっている——あと前！　ライオン丸さん前！」

「なんじゃ……オーマイガー」

その姿は、獣のようだった。まるで太いコードが顔の周りから鬣（たてがみ）のように伸びており、四肢を動かして僕らに迫ってくる都度に嫌な金属音を響かせている。

瞳は赤く輝き——いや、ライトだ。瞳があるべき場所に赤く輝くライトが設置されているんだ。輝くような銀色をした機械でできたライオン……ＨＰバーが多いあたり、ボスモンスターだよなぁ…………あ、涙が出てきた。

「ら、ライオン対決とは好カードですね」

「…………あれかのう、逃げようとした罰じゃな。うん……えっと、話し合えばきっとわかり合えると思うのじゃが——」

一瞬、奴の腕がぶれたと思った次の瞬間。ライオン丸さんの姿が消えていた。いや、キラキラとした魂がその場に残されていた。そうか、一撃でやられたか。

銀色のライオンは僕のほうを見ると、ゆっくりと近づいてくる。オートマタたちもにじり寄ってくるし…………。

「だけど、こいつを倒せばダンジョンクリアなんだよな、ボスモンスターなんだし――――」

と、そこで視界の隅に通知が見えた。見慣れないなと思ったが……あまり使わなかった機能だからすっかり忘れていた。パーティーメンバーがやられた時とか、ログが出るようになっているんだったな。

えっと……『ライオン丸』がフィールドボス『鋼の獅子王』にやられた。か……そっか、フィールドボスなのかコイツ。そうだよね、ダンジョンの奥地じゃないんだからここでダンジョンボスが出てくるわけないよね。

フィールドボスは徘徊型の敵で、ランダムでフィールド内に出現する。ダンジョンに出現しても特にクリアには関係なく、倒せばいいアイテムは手に入るだろうが……問題は、ボス部屋に出るボスキャラとは違ってプレイヤー側のレベルに調整されないということだ。固定レベルで出現するので、強いやつは本当に強いのである。

「い、痛くしないでね♡」

直後、僕は何が起こったのか認識する間もなく奴の一撃で消えていた。

気が付いた時には村に戻っており、先に戻っていたみょーんさんとアリスちゃん。そしてもう一人。

おそらくは二人によって正座させられたライオン丸さんがいた……しばらく、古代遺跡はいいかな。そう、思った。

やられたショックでしばらく茫然としていたが、僕の中で結論が出たのでみんなに告げる。

「古代遺跡は封印しよう。少なくとも今の僕らの手に余る」

「そうね。基礎レベル30超えても一瞬で消えるってどういうことよアレ」

「職業レベルが低いとか？」

このゲーム、プレイヤーのレベルが2種類存在しており、キャラクターのレベルと職業ごとのレベルがあるのだが、片方が極端に低いと相応にステータスも低いものとなる。

「いや、ワタシほぼほぼ【魔法使い】しか使っていないし」

「そういえばそうだった」

みょーんさんのその言葉を聞いて、彼女は一つの職業に絞って遊んでいる人だと思い出した。むしろ戦闘職をメインで遊んでいるので、このメンツでステータスが一番高いのはみょーんさんだったりする。

隣を見るとアリスちゃんは未だに呆然としているし。

「怖いです……後ろからスパってやられたです」

「あのう……ワシが悪かったから許してください」

魂の状態でもすぐに周りの様子がわかることを忘れていたライオン丸さんが悪い。蘇生させずに逃げようとした場面もばっちり丸わかりです。

僕の場合はパーティーメンバーが全員やられた状態になったから即座にここに戻ってきたが。

こんなことで大丈夫なんだろうか……掲示板を眺めてみるが、面白いスレッドは今のところない。攻略の目途が立てば古代遺跡攻略実況とか言い出していたんだけど、当面の間は無理そうだな。

色々見てみるが……今日のところはニッチなのしかないな。たとえば、釣った魚を自慢するスレ32………何人いるんだ釣り人。【釣り人】っていう職業自体がこのゲームにあるけども。

見ているとと沼にハマりそうだし、適当なことをして気分転換をすることにした。

「部屋の模様替えでもしよう」

「なんかやる気がなくなったわね……ワタシもマーケット[※11]でスクロール探すわ」

「ちょっと気分転換で他のことするです。アリスもアイテムたくさん作って製作レベル上げてきますね」

「あれ？　ワシは放置？　ねぇ……ねぇってば！」

ライオン丸さんの叫びをＢＧＭに自室に入る。ちなみに村長宅であるが、各部屋を他のプレイヤーのホームに設定できる。建物自体は僕の所有なのだが。

プレイヤーの所有できる建物は他にもいろいろあって、砦を所有することも可能なのだとか。ただ、アホみたいな金額が必要になる上、専用のクエストをこなさないといけないから誰も手を出していないいって話だけど。

「バグ報告のお詫びやログボで貰ったガチャチケのおかげで家具も充実しているなぁ……無秩序だけど」

招き猫に観葉植物。どこの部族の仮面だよと言いたくなるものや、ゲームのキービジュアルポスター。極めつけは日本一高い電波塔の置物……世界観ガン無視である。

【※11】マーケット。BFOにおいてはプレイヤー間のアイテム取引所のこと。つまりフリーマーケットガチャチケで手に入る家具は時期によっても変わるし、その時々でラインナップが激変していて面白い。

しかし何と言いますか、手に入ったものをとりあえず置きましたって感じの部屋でございます。

「…………やはり無秩序」

わかってはいるんだ。わかってはいるんだが……わざわざテーマに沿って家具をそろえるのもなぁ。そういうゲームならいいんだが、他の目的があるだけにハウジングに精を出すってのもなんかアレだし。まあ、嫌いではないから模様替えするんですけどね。

とりあえず仮面はいらないな。あとでマーケットに出品しておこう。もしくは村の守り神みたいな感じで中央の広場に飾るか。いやでも、もったいないような気もする。類似品が手に入るまでは保管しておこう。

「他に家具はなかったかなぁ……あれ？　ガチャチケが残っている？」

ひとまず仮面を倉庫に収納したわけだが、そこでガチャチケが1枚残っているのを見つけた。アイテムのやり取りを行うので、自動的にインベントリ[※12]も開いていたので気が付いたけど、でもお詫びに貰ったやつは使い切ったしどこで手に入れたんだ？　もしかして、またバグだろうか

……ああ、そういえば別件で貰ったのがあったな。

「たしか、ユーザー数50万人突破記念で配布された分、だったかな？」

少し前にその記念でいろいろなプレゼントが配布されたミニイベントがあった。目新しいものがなかったからすっかり忘れていたけど、そういえばまだ使っていなかったたな。普通のガチャチ

【※12】インベントリ。プレイヤーのアイテム所有枠のこと。大抵のオンラインゲームは枠を増やす際有料

ケとは違い、特別なラインナップのものを引くためのチケットだから気が付かなかったのか。期限もあるし、思い出せてよかった。

もしかしたら、何か家具が出るかもしれないし――よし、回すか。

ガチャチケを発動すると目の前にガチャの筐体（きょうたい）が出現する。ちなみに、見た目は昔あったというガムの出てくる丸い奴みたいな感じだ。

「ガチャッとな」

レバーを回すと……なんか光っているな。この輝きは、まさか最上級レアアイテム――こ、このアイテムは!?

【和の心】釣った魚を自慢するスレ32【雅な気持ち】

345.太公望（たいこうぼう）

つまり、心静かに糸を垂らし、魚との真剣勝負の果てに大物は釣れるんすよ
道具じゃ、ないんすよ

346.名無しの村長

サメ釣れたー
ガチャ回したら【太公望の釣り竿】とか出てきたから使ってみたけど、ロクに釣りスキル育っていなくてもバンバン釣れるわ
今もチョウチンアンコウがかかった。釣れる釣れるw

347.太公望

それ俺っちが欲しかったやつぅうううう!?

348.名無しの釣り人

悪は成敗された

349.名無しの釣り人

実際上から目線凄かったからなぁ、太公望
いや、太公望の釣り竿持っていないならその名前返上するべきでは？

350.太公望

太公望は俺っちだけで十分——っていうか村長って炭鉱夫さんだろうが！　アンタしかいねぇっすよその職業!!

351.名無しの釣り人
村長ってなんだよと思ったらw　炭鉱夫さんなのかよw

352.名無しの釣り人
なんだその職業w

353.名無しの釣り人
本当だw　炭鉱夫さんスレ見てきたら村長になったって報告しているw
あっさりし過ぎていてスルーしてたわ

354.名無しの釣り人
最近静かだったと思ったら……村づくりに忙しいだけだったのね

355.太公望
このままじゃ俺っちの気が治まらねぇ……釣り勝負っすよ！

356.名無しの釣り人
…………反応ないですね

357.名無しの釣り人
1レスだけして去って行ったのか

358.太公望
このままじゃ治まらないから村に乗り込んでくるっす

359.名無しの釣り人
大丈夫か炭鉱夫さん

360.名無しの釣り人

まあ、深く考えず爆弾投下した彼も悪いし
そもそもここ緩く語るスレだし

361.名無しの釣り人

でも【太公望の釣り竿】持っている人他にもいるんでしょ？

362.名無しの釣り人

うん。むしろなんで太公望さんが持っていないのか
無いなら無いで、よくもまぁあれだけ釣れるもんだとは思うが

363.名無しの釣り人

さぁ？　興味ないね

364.名無しの釣り人

あ、話は変わるんだけど大型アップデートで水中フィールドが追加されるって話じゃん？　当然釣り場も増えるんだよな？

365.名無しの釣り人

増えるでしょうね。楽しみです

366.名無しの釣り人

釣り人の奥義スキルも使い道が増えてくれるといいんだけど……
ルアーの操作が可能って地味すぎない？

367.名無しの釣り人

敵に絡ませたりいろいろできるぞ！

368.名無しの釣り人

筋力値が相当ないと釣り竿持っていかれるし、耐えても耐久値がゴリゴリ削れるせいですぐに壊れるだろうが

＠＠＠

ガチャで手に入るアイテムの中には、釣り竿みたいなものも存在する。ちょくちょくラインナップが変わっているようで、楽器も種類が変化していた。家具やアバターなんかは頻繁に変わっているし、時々眺めに来るだけでも楽しそうだ。

今回僕が手に入れた【太公望の釣り竿】だが、現行の最上位の釣り竿らしい。釣りスキル自体はスクロールで簡単に取得できる——もっとも村長のスキル群に標準搭載されていたが——かも、NPCの店で200ゴールドで手に入る。ドロップすることもあるようで、プレイヤー間取引であるマーケットでは釣りのスキルスクロールが平均100ゴールドで取引されているぐらい安い。

参考に、現在のマーケットでは最下級ポーションひとつが10ゴールドだ。マーケットでの価格だから今後変動するだろうけど、それでも店売りもしているため捨て値で売られる最下級ポーション10個分の値段と言えばその安さもわかるだろう。

「……お、何か釣れたな——ッ!?　デカ!?」

浜辺で適当に糸を垂らしていたが、妙な力で引っ張られたのですぐに釣り上げた。さすが最上位、楽に釣れる。サメやチョウチンアンコウ、マグロとかも釣れたし今度は何が出てくるかなぁ……ワクワクしながら釣り上げたそいつは真上に飛んでいってしまった。釣り糸がつながっているので途中で止まったが、太陽と重なって見えにくい……大きさは人と同じくらい。背びれが大きくて、体型はマッチョ。緑色の体に力強い四肢。そして、手には三叉槍を持っていた。

『――キシャァアアア！』

「うわ!?　モンスターも釣れるのかよ」

ＨＰ量は普通のモンスターと同じような表示。フィールドボスの類じゃないみたいだけど、レベルは幾つぐらいなのだろうか……もうちょっとレベル差とかわかりやすく表示してほしい。今後のアップデートに期待である。いや、要望も送ったほうがいいか？

「っと、名前はサハギン……まんまだね」

半魚人系のモンスターの代名詞だ。いや、分かりやすいのは良いことだけどね。

『ガアア！』

「とりあえず戦闘開始、かな！」

僕の武器であるスコップとサハギンの槍――いや、銛か？　がぶつかり合う。ひとまずはスキルを使わないで様子見しているけど、若干僕のほうが力負けしている。【炭鉱夫】の時と同程度か少し上くらいか……レベル35くらいってところだろうか？　いや、【村長】はステータスが低いからレベル自体は同程度かもしれない。まあ、力負けしている事実には変わりないか。

倒せなくはない、けど油断するとヤバい――実際の数値は分からなかったが、ちょうどいい塩梅のレベル差だろう。

「スキルを当てれば普通に倒せそうだな」

「あー！　お兄ちゃんが襲われているです！」

「おーい、大丈夫か村長ー」

さすがに戦闘音で気が付いたのか、村にいたみんながやってきた。というか、ヒルズ村最年長である【錬金術師】の『めっちゃ色々』さんもいるんだが。いつの間にログインしたんだ？

彼が眼鏡に手を当て、こちらに尋ねる。

「村の名前とか言いたいことあるのですが、手伝いは必要でしょうか？」

「大丈夫！　一人でどうにかなりそう！」

スコップを構えて奥義スキル【マジックドリル】を発動させる。奥義スキルに多く見られる特徴で、発動しても攻撃動作が始まるわけではなく、武器に変化が起きた。このスキルの場合はスコップの先端がドリルに変化し、防御貫通効果が付与されるのだ。もっとも、敵にぶつけるためにはプレイヤー側で動くか、別のスキルを使うかなのだが。

すぐに次のスキルを発動させようとしたが、サハギンの攻撃が来たので盾のスキル【ポイントシールド】を発動させた。敵の攻撃にピンポイントで防御するスキルだが、防御性能が低いのが難点。発動は最も早いが。

と、そこで手元を見る。あれ？　ドリルとサハギンの銛がぶつかり合っている？

「あ――ドリル発動したままだった」

『ガッ――――』

忘れていた。奥義スキルって組み合わせるスキル関係なく何でも組み合わせ可能なんだから、防御スキルも対象じゃん。案の定、ドリルによるガードでサハギンは上に吹き飛んだ。

どうやら、防御スキルと組み合わせると遠心力で弾き飛ばす性能を追加するらしい。もしくは、敵の威力も利用した合気道みたいなものなのか。カウンタースキルの類みたいなものかな？

……なんにせよ、これは結構使えるかもしれない。

そしてサハギンはそのまま落下し、ポリゴン片となって消えた。

「……落下ダメージ、だけじゃないよな。カウンター性能もあるのが正解か」

敵の攻撃の威力を加算しているとか？　詳しい所は分からないが結構なダメージは発生しているだろう。

「何をしたんじゃ、今」

「ドリル発動したまま防御スキルを使ったんだよ。カウンターみたいなスキルに変化するらしい」

「便利じゃのう、ワシも奥義スキルが欲しいんじゃが……やっぱり数作るしかないか」

最近、生産系職業でも奥義スキルを習得するプレイヤーが増えており、アイテムを数多く作ることが条件であるパターンが確認されている。ライオン丸さんの職業である【鍛冶師】にもその条件が適応されているかはわからないが。メタ読み[※13]するなら、開発側も職業ごとに固有の条件作るのも面倒だし、ある程度統一しているだろうけど。

「ディントンさんが数だけじゃなくてレア度も関係あるかもって言っていたです」

「マジか……面倒じゃのう」

「そう簡単に手に入らないってことよ。村長だってひたすら掘っていたから奥義スキルを手に入

【※13】メタ読み。ゲーム内で知りえる情報以外からの推察。似たような話のパターンに当てはめたりなど

れたわけだし」

「それにMP消費が洒落にならないからおいそれと使えないしね」

今のドリルカウンターも結構なMPを持っていかれたのだ。タイミングを外すと自分が一気に不利になるだろう。今回はたまたま上手くいったけど、今後使うことがあれば気を付けないといけない。

これから、そのあたりの対策も考えないとなぁ……MP自動回復強化の称号とかないんだろうか？

BFOは回復スピードこそ遅いものの、MPが自動回復する仕様なので、何かしらの自動回復スピード強化手段があると思うんだけど……うん？　MP消費？　そういえば、何かあったよな。記憶の隅に何かが引っかかる。

「……みょーんさん、たしかMP消費数を下げる称号なかったっけ？」

「ああ、【ランナー】があるわね。一定距離を一定速度で走り続けることで取得できる称号よ。ただ、今の環境だとそのスピードを維持するの難しいわね」

「今、僕は【村長】だ。パーティーを組めば能力値が強化される。さらに、めっちゃ色々さんのアイテムによるバフ[※14]、みょーんさんの魔法によるバフ……うまくすれば、全員で取得できるんじゃ？」

「たしかにそれならいけそうね……やりましょう。ワタシも【ランナー】は欲しいのよ」

みょーんさんの目がギラギラと輝き始めた。魔法職にとって切実な問題だもんね。


【※14】バフ。スキルやアイテムなどによる一時的な能力上昇状態彼女の一言をきっかけに続々と村民たちが声を上げる。

「アリスも【一発屋】よりかはそっちのほうがいいです」

「ワシも一緒していいか？　スピード重視で職業変えてくる」

ああ、【鍛冶師】って鈍足だから……しかもライオン丸さん自身、他の種族よりも俊敏値が低いドワーフだし。

「確かにあると便利ですよね……そもそもの話、私は称号を持っていないので、なおのこと欲しいのですが」

最後にめっちゃ色々さんが非常に恨めしそうな声を出した。結構やりこんでいる人なのに、称号はまだ持っていなかったことには驚いたが。

というわけで全員で称号を手に入れようということになり、準備ができ次第全員で島の外周を走ることになった。そこそこ広い島だけど、浜辺の辺りはモンスターもあまり出てこないし、全員で走るのなら対処も可能だろう。

レベルもそれなりに上がってきた今、装備を俊敏に特化させれば案外楽にいけるのではないだろうか。

「……俊敏特化、つまりアレだな」

「アレじゃな」

「アレ……ですよね」

「え、アレを着るの？」

「？　アレって何ですか？」

「アレはアレだよ……ディントンさんが夏に向けて試作したアレ」

「……ああ、アレですか」

ディントンさんが目の色を危ない感じにして作っていた装備がたくさんある。そして、今は夏目前。イベントも近いので嬉々としていた。まあ、水着だ。多種多様でどんだけ時間を使ったのか……詳しく知ろうとすると、深淵を覗き込むみたいで怖い。なのでそのあたりはスルー。

というわけで、僕たちは水着で島を走り回ることになった。久々、というほどでもないけど懐かしい感覚だな水着マフラー。しかし……なぜか妙にしっくりくるというか、こう……スゴイフィット感がある。

みんなもそれぞれ水着に加えて俊敏値の上がりそうな装備を付けているけど、色々とおかしな光景となってしまった。

僕の格好は前の水着マフラーに加えて頭はヘルメットからハチマキに変わったぐらいだが、他のみんなも結構アレな格好している。

「似合うですか？」

「似合っているけど……どうしたの、それ？」

まず一人目、普通のワンピースタイプの水着だが……アリスちゃんはどこで手に入れたんだ？その猫の手を模したグローブ……他にも肉球付きのブーツとかやたらと装飾過多になっている。え、ガチャチケで手に入れた？　ああ、そういえば装備も出るんだったなアレ。そこそこ強いけど見た目変わるやつ。

「ワシも結構自信あるぞ」

「うん、ツッコミ待ちだよね？」

ライオン丸さんは【わびさびTシャツ】というネタ防具だ。白いTシャツにわびさびと書かれているだけの代物……それもガチャだろ。

「なぜわかったし」

「他に入手方法思いつかなかった。ディントンさん、クソT作らないだろうし」

しかも装備の上に着るアバターアイテムではなく、ちゃんと性能も存在するアイテムだからレア度高いのに二人ともあっさり引いていやがる……いや、僕も【太公望の釣り竿】出たけどさ。

あれも装備アイテムだからレア度はかなり高いのだ。

あと、ライオン丸さんはガタイが凄く良いからシャツがピッチピチで直視すると笑いそうになってしまう。

と、そこでみょーんさんが苦言を呈した。

「まったく、そんな変な格好で走るつもり？」

「Tシャツで走るのはおかしなことじゃろうか？」

「でもファンタジーな世界観のゲームでその服装はおかしいと思うです」

「アリスちゃんもファンタジーじゃなくてファンシーすぎるけどね」

むしろアキバ系？　どちらにせよファンタジーとは違うだろう。

「っていうか、みょーんさんも何ですかそれ……」

「似合うでしょ？」

「……う、うん」

アクセサリー【女神の羽衣】。星5のかなり強力な代物だ。バフをかけてもらう都合上、MP量増大効果のあるものをつけてもらったんだけど……どこで手に入れたんだそれ。っていうか乙姫？　いつもと違ってふんわりとした白系のローブに見える水着なので、乙姫のコスプレに見えてしまう。

今回の水着は試作だけあっておとなしい感じのものだが。まずは試作を着せて、それを見てより似合うもの（ディントンさん基準）を作るって言っていたなぁ…………不安である。というか、みんな水着以外のところではっちゃけていやがる。

「私にはツッコミはないのかな？」

「めっちゃ色々さんはもう好きに生きてくださいよ」

なんですか、そのサメの着ぐるみ。上半身を覆うタイプだから、下半身はそのままになっているのか……っていうか、俊敏値下がるんじゃ？

「これね、【シャークなアイツ】っていう防具なんだけど、水辺では全能力値が上がる代物なんだ」

「なるほど、それなら確かに有用だけど……絵面がひどい」

水着マフラーの僕にアキバとかコミケに生息していそうなアリスちゃん、ムキムキのクソTに乙姫モドキにサメの着ぐるみ……僕らはコント集団かな？

仕方がない。気持ちを切り替えていこう！

「さっさと終わらせよう。走るぞー」

「わっしょい」

「わっしょい」

「わっしょい」

「わっしょい」

「なにその掛け声」

このあと、滅茶苦茶走った。

@@@

特に問題もなく称号を取得できた翌日。素材を集めて、適当にレベル上げして時々釣りをしてのんびりと時間を過ごしていた。

時々サハギンが釣れるのはいいが、あんまりいいアイテム落とさないんだよなあいつ。一番良かったのでも【魚人の腕輪】っていうアクセサリーだった。効果は水属性攻撃威力1・08倍。僕、水属性魔法あんまり使わないんだけどね。ほとんど土属性専門だぞ。まあ、今後使うことがあるかもしれないから倉庫にしまってある。もっと基礎攻撃力が上がれば使い道もあるかも——いや、その頃には上位互換装備手に入れていそうだなぁ。まあ、水属性特化の職業に転職したら使うかもしれないね。

と、そんなことを考えながら空を眺める。

「暇だなぁ」

「ですねぇ」

アリスちゃんと二人、釣り糸を垂らしながら静かに岩場に座っていた。橋作りとかもあるんだけど、クエストの都合上今日はこれ以上進められなかったのだ。

たぶんクエスト達成してすぐに橋ができましたーってするわけにもいかないんだろう。建物と違ってプレイヤーの通れる橋を作っているわけだし、今までで一番大きな建造物だ。出来上がるのは翌日である。いま、橋が作られている場所にはブルーシート的なもので覆われた巨大な何かがあるのみだった。

「…………あそこまでやるんだったら大人しくすぐにやってくれればいいのに。なんでブルーシート的なものでかぶせるのか」

「なんでですかね」

剝がそうとしても絶対剝がれないし、そういうものだと思うしかないな。そもそもブルーシートの時点で世界観どうしたとツッコミを入れたい。

「というか、交通網をプレイヤーが開通させるってオンラインゲーム的にどうなの？」

「えっと、試験的導入？　でしたっけ？　そんな感じの今後そういったクエストが増えるかどうかは反響次第だって話です。たぶん、今後のアップデートではこういった形のクエストは増えないだろうとのことですけど。管理面倒だそうです」

「ふーん……ん？」

さすがにそれは内部情報知りすぎでは？　とも思ったが、ツッコミは野暮だろうか。まあ、たぶん今後は増えないな。移動面はスムーズなほうがいいし。

そもそもＢＦＯはまだアーリーアクセスみたいなものなのだ。バグも結構あるし。

正式版はいつになるか未定だけど。

「ん？」

と、そこで向こう岸のアクア王国で何かが光った。

どうやら大砲が火を噴いてこちらへ何かを飛ばしてきたらしい。前にアリスちゃんたちが使っていた大砲によるプレイヤー移動みたいだ。

そういえば今まで忘れていたが、僕がアクア王国側に行くって手もあるのか…………まだアクア王国には行っていないんだよね。未だにＮＰＣには出会っていない僕である。４月にゲーム始めてから３カ月近く経っているっていうのに何をしているのだろう？　もう７月だぞ７月。夏真っ盛りだぞ。

そして何かがようやく着弾した。なんか、いつもよりゆっくりだったな……バグか？

「やはりっすね――水魔法の盾を何枚も張れば衝撃を緩和して落下ダメージを減らせると思ったんすよ。ＭＰギリギリで死ぬかと思ったすけど！」

「えっと、どちら様で？」

「オーバーオールって聞いていたっすけど、その水着にマフラーは炭鉱夫さんっすね？」

「今は村長さんだけどねー」

周りもそう呼ぶ。というかプレイヤーネームで呼ばれることがほとんどないんだけど………まって、今まで呼ばれたことあったっけ？　最近村長呼びが板についてきて記憶にない。ほら、頭上にロポンギーって表示されているでしょ。なお、個人個人で名前表示のON・OFFを切り替えられるので人によっては見えていない。

そんな悩む僕をよそに話が進む。

「お兄ちゃんに何か用ですか？」

「俺っちは太公望プレイヤーネームは『マンドリル』っす！　昨日の屈辱、晴らしに来たっすよ！」

「……？」

「お兄ちゃん、何をしたんです？」

「いや、特に心当たりはないんだが」

マジで何があったかわかんないんですが。

「あのレスポンスを忘れたとは言わせねぇっすよ！」

「？」何かあっただろうか……えっと、太公望――マンドリルさんの格好は麦わら帽子に白いシャツ、短パン……どこかの釣り漫画に出てきそうな――ああ、釣りか！

「釣った魚を自慢するスレか」

って、あれってそういう趣旨のスレでは？

1回書き込んだ程度だけど、ちょっと自慢するのが趣旨だよね、あそこ。で、適当に反応し合う緩いスレだったと思うんだけど……違ったかな？

「俺っちが手に入れることのできなかった【太公望の釣り竿】……そいつを賭けろとまでは言わねぇ。そもそもガチャ産だからアイテム交換できないっすけどね。ただ、負けたままじゃ気が治まらねぇ。釣り勝負だ！」

「えぇ……面倒な」

「どうするです？」

「暇だから別にいいけど、どうやって勝敗をつけるのさ」

「簡単なことっすよ――相手より大物を釣ればいい。シンプルな答えっす」

「まあいいか……とりあえずこいつを引き上げて――」

今引っ張っていた獲物を引き上げる。引きの強さが結構なものだしこれも大物っぽいけど――と、また太陽を背にしている感じで飛び上がった。またサハギンかなと思ったが、シルエットが違うな。

手があるのが見えたからサハギンかと思ったんだけど、背びれはない。青く輝く髪に、透き通った目。とても可愛らしい顔立ちに貝殻でできた水着。そして、下半身は光をキラキラと反射する鱗に覆われていた……どう見ても人魚です。

『フフフ』

「あ、どうも」

思わず頭を下げてしまう。リアクションがないしHP表示も出ないからイベントの類かなぁと思う。あと、どうしても胸元に目が行ってしまう――悲しき男の習性が。

「――お兄ちゃん？　なに照れているんですか？　目線もじっと1カ所を見て……あ」

「べ、別に照れてなんかいないけど？　目線も別に？」

「顔真っ赤じゃないですか！　こういうのがタイプなんですねそうですね!?　そう言いながらチラチラ見ようとしているですよ!?」

ちゃうねん。目のやり場に困るけど、視線をわざとらしく逸らすのも違うよね、そもそも人じゃないんだから気にするのもおかしな話でって妙に混乱しているだけなんだ。決して、貝殻水着に目を奪われたわけではないんだ。別に人魚さんの見た目が好きな感じのアレだったとかそういうわけではないんだ。ソシャゲだったら思わず引いてしまうタイプとかそういうわけじゃないんだ。

とりあえず弁明はしたほうがいい気がするので、言い訳をしようと口を開く。

「いやいや、そういうわけじゃ――ってアレ？」

弁明しようとしたら人魚が更に光り輝いた。そして、光の粒子になって僕の周りをグルグルと回り僕の中に入る。と、同時にシステムメッセージで召喚獣スキル『サモン・マーメイド』を入手したと出てきた……えっと、これはどういうことでしょう？

「……召喚獣スキルですね。聞いたことがあるです。クエストとか、ランダム発生する召喚獣と出会うと手に入れることができる、特殊なスキルらしいです」

「へ、へぇ……あとアリスさんはなぜそんなに不機嫌な感じなのでしょうか？」

「自分の胸に手を当てて考えてください」

「……」

とりあえず、謝ったほうがいいのだろうか？　いや、それは逆効果な気も……頭を抱えて悩んでその場のもう一人のことを忘れてしまう僕。

「え、なんだこの空気……というか勝負はどうなったんすか勝負は」

と、そこでマンドリルさんが声をかけてくる……忘れてしまったのは悪いと思うけど、今はそういう空気ではないのを察してほしい。あと、逃げたほうがいいと思う。

「もうそういう空気じゃないのでお引き取りをお願いするです」

「オイオイ。そりゃないぜ嬢ちゃん。男が一度引き受けた勝負を反故にするもんじゃねぇっすよ」

「せっかく、二人っきりでのんびり過ごしていたのに先に邪魔したのは貴方ですよね？」

ほらぁ、怒りの矛先がそっちに向かう……正直、自分の中の煩悩のせいで怒りの引き金を引いたのは分かっていたので、なんとか話し合いに持っていこうとしたのに……アリスちゃんの目からハイライト消えているじゃん。だからなんでこのゲームそういうところは無駄に凝っているの？

「――――スンマセン」

「ただアリスの気も治まりませんし、あなたも勝負をしたいでしょうから条件を付けます。ＰＶＰモードでアリスに勝ったらそのままお兄ちゃんと戦わせてあげるです」

「ば、バカ言っちゃいけねぇよ嬢ちゃん。俺っちはこれでもかなりやりこんでいるプレイヤーなんだぜ？　基礎レベルだってもう45だ。お嬢ちゃんじゃ勝負にならねぇよ」

なお、結果的にだがスタートダッシュに成功したため前々回のイベントであるベヒーモス戦では僕は他のプレイヤーより一歩前に出たレベルだった。

もっとも、今ではやりこんでいる大人たちにレベル負けしてしまっている。というか40超えとか毎日フルダイブ系ＶＲゲームの１日当たりの制限時間である、６時間フルに遊んでいないと到達しないのでは？

もっとも、こちらにはステータスの差をものともしない戦闘の天才がいるが。

「へぇ……試すですか？」

アリスちゃんはぞっとするような声色でそう言うと、装備をカンフー服と本来の武器に戻した。ＰＶＰイベントで使った、あの武器――炎魔法のＭＰ消費を軽減するナックルに。表情も獲物を前にした肉食獣のような印象を受ける。

それを見てマンドリルさんはようやくアリスちゃんが何者なのか気が付いたらしい。まあ、あのナックルを使っているのアリスちゃんしかいないからね。現状、素材の入手先が限られているので他のプレイヤーはまだ作れていないから。それにＰＶＰイベントでアリスちゃんは相当目立っていたし。そもそもナックル使い自体が少ない。

ちなみにＰＶＰイベントの後、多くのプレイヤーがアリスちゃんのマネをして炎魔法を噴射させることによるジェット移動を試してみたそうだ。ちょっと掲示板で検証の様子が語られていたから読んでみたが、みんな暇なのだろうか？

【アイキャン】噂の移動方法、マジ死ねる【フライ】

1.名無しの剣士
噂のジェット移動を試してみた。死んだw

2.名無しの盗賊
何だアレw　あらぬ方向飛んでいって空中にぶつかって死んだんだけど
見えない壁やめてくれませんかねぇ

3.名無しの戦士
モンスターに突っ込んで、装備が壊れたw
……俺の、プラス10がぁあああ!?

4.名無しの魔法使い
杖にまたがってジェット噴射すると安定する
ただし、サポートされている挙動じゃないからか、体ががくがく震えるんだがw

5.名無しの剣士
あまり無茶なことすると運営から怒られそうで怖いんだが
あとプラス10で耐久値気にしないのは甘えだから

6.名無しの狩人
今のところ、特にアカウント停止された——とかそういう話はないな
よほどアレなことをしない限りは平気っぽい

7.名無しの鍛冶師

プレイヤーに対してセクハラ行為とかはアウトみたいだけどな

8.名無しの盗賊

そりゃ、問題の種別が違うから
ゲームに対して、ユーザーがどこまで無茶なことをできるのかって話だし
対人関係はまた違う基準

9.名無しの武闘家

そのあたりは昔、別ゲームでだけど一発で豚箱ENDになった人もいらっしゃったから

10.名無しの錬金術師

今凄いことを発見した。炎だけじゃなくて風魔法でも飛べるぞ

11.名無しの剣士

え、マジで

12.名無しの魔法使い

ホントだw
っていうか反動で飛んでいるんだから属性関係ないよな

13.名無しの魔法使い

でも、属性ごとに反動の強さとかコントロールのしやすさに違いがあるみたい

14.名無しの農家

でも調子には乗らないほうがいいよー

制御に失敗してー、海に激突したら即死したー

15.名無しの探偵
即死報告、すでに100は見ているからな、皆も気を付けるように

16.名無しの錬金術師
もしもBFOがデスゲームだったら……どうなっていたことか

17.名無しの武闘家
余裕で全滅していただろうねw

18.名無しの盾使い
それにしたってアイキャンフライし過ぎだろw

@@@

よく考えなくても、暇があるからゲームしているんだよね。更にゲーム内で暇を持て余した人が掲示板で駄弁りだすわけだけど。

いや、今はそのあたりのことは置いておいて目の前の戦いに集中しよう。虐殺になるかもしれないが。

「あわわわ」

アリスちゃんの正体に気が付いたことで、マンドリルさんの顔が青ざめていた。いやぁ、ＢＦＯ（ぶふお）の表情読み取りシステムはずば抜けているが……男がそんな可愛い反応になるのはどうかと思う。

「お、お前……最終兵器幼女っすか⁉　え、なんで育っているの⁉」

「イベントで手に入れた【転生の実】を使ったです」

アリスちゃんはフェアリーからケットシーに種族変更したことで、身長が20センチも伸びているからなぁ。

ＢＦＯではキャラクタークリエイト時に元の体格をベースに基礎骨格が作られる。そこから身長は10センチ程度変更可能で、さらに種族ごとに体格に補正が入る。フェアリーはＢＦＯの中でも最も体格が小さくなる種族であり、限界まで小さくすれば元の身長から20センチ近くは小さくできる。

フェアリーの時はリアルよりも小さくして、ケットシーにした時にはリアルよりも大きくしたのだろう。

今が桃子さんと同サイズの150センチ。フェアリーの時との差を考えるとリアルは140ぐらいかな？　いや、リアルのことはあまり気にしないほうがいいか。

そんなことを考えていると、マンドリルさんは種族変更の話で勝機を見出したらしい。いや、ここは正気に戻ってほしいんだけど。

「な、なら勝機は俺っちにもあるな。アレで種族変更するとレベルダウンするんだ……どれだけやりこんだかは知らないが、レベル差は相当なものっすよ」

「いいからPVPを受けるです」

「上等！」

…………あーあ。終わったな。

「バトルスタートっすよ！」

「加速――」

確かにレベルそのものは下がった。課金アイテムで種族変更した場合は平気なのだが、課金できないアリスちゃんではイベント入手のアイテムを使うしかなかったのだ。クエスト入手の種族変更アイテムもあるが、現状取りに行けないからそちらも無理だった。

だが、アリスちゃんは下がったレベルを取り戻すために鉱山ダンジョンやアクア王国側の狩場でそれはもう暴れまくったんだ。僕は村の作業があったし、素材集めも兼ねていたから鉱山ダンジョンで十分だったのでアクア王国へ行かなかったけど。

それにアリスちゃんのプレイヤースキルはこのゲーム内の上位10位以内に入るぐらい凄まじい。遊んでいないプレイヤーも含めているし、複数アカウントも含まれている可能性はあるので正確な数字は分からないが……アカウント数では50万人以上のプレイヤーがいる。

レベル差だけを頼りにしても彼女には勝てない。というかＰＶＰ大会のことを知っているのなら、ジェット移動による動きのせいで自分の反応速度を超えてくるのは分かっているだろうに。

それこそ俊敏特化とか動きを読んでカウンターを使うとか対策していない人が対処できるわけもないんだけど。

「ジェットー！」

「――え」

一瞬でマンドリルさんの背後に回ったアリスちゃん。右手を伸ばしており、その手には何かアイテムが握られている。

「さらに【スクラップ砲】です」

「光が見え――」

握られた掌が開かれてそこから光が噴出した――哀れにもビーム砲に飲み込まれたマンドリルさんは一瞬で蒸発したのであった…………え、一撃？

「お兄ちゃん」

「は、はい！　なんでしょうか」

「別に怒ってないのです。ただのやきもちです……」

そう言うと、アリスちゃんは再び釣り糸を垂らそうとして——そこでアリスちゃんがあちゃーという顔をする。

「砲弾に釣り竿使ったんでした。予備もないですし、釣り続行できないです」

「それを使ったのかよ……」

たしかにあの釣り竿はアリスちゃんが自分で作ったものだからスキルで撃ち出せるけど。

「……もしかして、【釣り人】だから釣り竿で砲撃するとダメージが大きかったです？」

「そんな馬鹿な……いや、あるのか？」

【スクラップ砲】ってクールタイム長いし、アイテムごとに効果とか変わったり、特攻があったりするのかもしれないな。でもプレイヤーにも適応されるのか。

「そんなことよりです。人魚の件についてです」

「忘れてなかったかぁ……」

「当たり前です！　さすがに目の前でそういうふうな反応見るのは嫌です！」

別に付き合っているわけでもない。ＰＶＰイベント以降アリスちゃん自身からも何か言ってくるわけでもない。だが、それでも納得できないこともあるだろう。

季節は夏、いよいよ大型アップデートが間近に迫ったとある日の出来事だ。

@@@

【夏の大型アップデートです！】

クーラーが欠かせない今日この頃。ログイン中も熱中症対策を怠らないようにしましょう。こまめな休憩と水分補給を忘れずに楽しく遊んでください。

本日よりボトムフラッシュオンラインはバージョン1.30へアップデートいたします。

簡単ではありますが、内容をご紹介いたします。

今回の目玉である『水』のアップデートです。水中フィールドを追加いたします。海フィールドも移動できるようになりました。水棲(すいせい)系モンスターも大幅に増えております。

それに伴い、ヘルプに水中移動の項目が追加されています。プレイヤーの皆さまは、それぞれご確認の上で新たなフィールドに挑んでください。

またレイドボスを正式実装いたします。各地のダンジョンやクエストを進めることで戦えるものや、イベント時などに配布するアイテムでプレイヤーの方の好きなタイミングで開催できるものなど、様々なものが存在します。

職業調整では、【サモナー】や【テイマー】などの使役系職業に調整が入りました。召喚獣などのＡＩが変更されています。それに伴い該当職業以外での召喚獣スキルにつきましても調整されておりますが、該当職業とは挙動が異なります。

当然ではありますが、該当職業のほうがより強力です。ぜひ、ご自分の目で確認してみてください。

そして最後に、カテゴリー古代兵器の上方修正を行いました。エネルギー切れからのリキャスト[※15]時間を短縮しましたので、手に入れた方は是非ご使用ください。

また、夏イベントに向けて追加データも入っています。

そう、夏イベントです！

7月20日から8月31日まで開催する、ＢＦＯ初の長期イベント【ＢＦＯサマーフェスティバル！】の開催が決定いたしました。

今回のイベントは2部構成となっております。前半【ビーチファイターズ】では水中フィールドなどに出現する水棲系モンスターを討伐することでポイントを稼ぐ、といった感じのイベントです。水着を着ることでイベントポイントにボーナスが入り、ポイントで様々なアイテムを交換していただけます。

また、ランキング報酬もございます。

後半は【ＢＦＯ音頭で踊ろう！】を開催予定です。プレイヤー同士の交流や、ご神体へのお賽銭、イベント用アイテムの奉納（ほうのう）で集めることのできるポイントで各種アイテムと交換できます。

こちらにランキングはなく、プレイヤー同士の交流などをメインとした企画となります。イベント後半の詳しい情報はまた後日お知らせいたします。

イベントの詳細等を含めた情報は、公式サイトからご確認ください。

【※15】リキャスト。一部アイテムの再使用までの待機状態時間。その略称

@@@

そんな、公式ブログで情報が公開された次の日。

「というわけで、夏イベントの告知と大型アップデートが入ったわけだが……」

ヒルズ村メンバー緊急招集――いや、アプデが18時に終わってみんな即行ログインしたから全員集まっただけなんだけど――を行い、イベント後半をどうするかを話し合っている。

「まさか運営から妙な話が持ちかけられるとは……」

「他にプレイヤー側で持ちかけられた人っているのかしらね？」

「ああ、何人かいるらしいよ」

運営からメールが届いているのを確認して、開いてみたら驚きの内容が書いてあった。

イベントの告知は確認してきたが、【村長】などフィールドマスター系（一定以上の広さの土地を所有している類の職業）への転職解放しているプレイヤーを対象に送信されたメールで、自分のエリアを縁日のフィールドとして使わないか？　というお誘いである。

現在、ユーザー側で確認できているフィールドマスター系職業は【村長】【町長】【市長】【領主】【地主】【大名】【頭領】の7つ。ただ、今いるのは【村長】、【地主】、【大名】だけなんだけどね。他についてはクエストなど転職方法は判明しているけど、条件が厳しすぎて断念されているのだ。【領主】とかものすごい大金で砦を買わないといけないらしいからなぁ……むしろ一番簡単なのが【村長】だったりする。複数人でクエスト進める前提での話だけど、素材を集めるだけで済むし。素材自体レア度が極端に高いわけでもない。

あと【頭領】は例外的に土地を持たず、他のフィールドマスター系のスキルの大半を習得できるとも聞く。というより、普通に遊ぶ場合は【頭領】で他の職業はニッチな人向けっぽい。

——誰がニッチだ。

「教会が完成したばかりでタイムリーでござったな」

「奉納やプレイヤーのファストトラベルに使うんだし、あってよかったけど……」

縁日を開催してくれたプレイヤーには謝礼も出る上、充実度と来場したプレイヤー数に応じても色々と豪華景品を貰えるとのことだ。みんなには見せていないが、豪華景品の中に是が非でも手に入れたいものがあるので僕としては話を受けたいんだけど……。

ちなみに貰えるものは、基本的にはアバター[※16]アイテムとか、経験値バフとかそのあたり。

「皆さまはどうするんで？　僕は受けたいなって思いますけど」

「楽しそうですし、アリスは賛成です」

「っていうか、なんで運営はそんな話を持ちかけたんじゃろうな」

「あれです。大規模なイベントをやろうとしたはいいけど、オブジェクトの配置まで手が足りないっていうアレなんです……」

「そういう世知辛い話なんじゃな——ってなんで嬢ちゃんが実感込めて言っているんじゃ？」

ライオン丸さんは即座に開発側の悲哀を込めたアリスちゃんの反応に食いついた。いや、周り

【※16】アバター。ここでは装備の見た目を変更できる重ね着アイテムのこと

も口に出さないだけで疑問には思っている。

「……な、なんでもないですよー。そんな感じかなーって」

なら、なんで目を逸らすのか。ごまかしたいというのが見て取れる。まあ、言いたくないのなら深くは追及しないのだけれども。

微妙な空気になったところでみょーんさんが不安を口にした。

「でも、他のプレイヤーも来るんでしょう？　豪華景品は魅力的だけど……悩むわね。欲しいアバターアイテムがあるのだけども、参加するべきか、しないべきか」

「鉱山に簡単に入れるようになるからのう……いや、別にマーケットで稼ごうとしているわけでもないし、意図的に独占するつもりもないんじゃが」

アリスちゃんは賛成。みょーんさんとライオン丸さんは決めかねるって感じか。

「拙者たちは賛成でござるよ。村を和風に飾りたいでござる」

「まあ、前半の報酬も特に欲しいものはないでござるからな。某たちは構わないでござるよ」

「私は大賛成ー！　浴衣を作ってー売りまくってー、私好みの浴衣祭りよー！」

和風コンビは乗り気か。そしてディントンさんは何か燃えていた……そうか。縁日で何か売るって手もあるのか。

「問題は、マナーの悪いプレイヤーも当然来るということですね」

「めっちゃ色々さんの言う通り、そこのところはどうなの？」

「メール見た限り、運営側の警備も入るみたいだね。それに、このあたりで手に入るアイテムって極端だしなぁ……よく考えたら別に心配しなくても平気だったわ」

村の移住云々は僕に決定権があるし、勝手に住みつけない仕様だ。身内で固まっているようなものだし、僕の認証が必要なように設定してある。というか、他のMMORPGで言うギルド機能みたいなものなのだ。BFO（ぶふぉ）だと正式実装された機能じゃないのでまだハッキリとしたシステム名称がないけれど。

それに島で手に入るアイテムも、森などは特に変わったものが出るわけではない。海は要調査だけれども……他の場所も含めて新しいものだらけだし、人は分散しているだろう。まあ、要調査だけど。大事なことだから2回言った。

アプデで海中が増えるから、実質フィールド2倍以上になったわけで……パソコンのスペック的に大丈夫か不安になる。実は遠くの山とか空の表現は画質落とす設定にしております。

話はイベント当日にヒルズ村に来るプレイヤーの件に戻る。

「となるとめぼしいアイテムは鉱山の中だけだし、【炭鉱夫】へのジョブチェンジって他に方法があるし、レア鉱石も別に独占したいわけじゃないしなぁ……むしろプレイヤー全体の底上げをしてほしいんだよ。ここの運営や開発を考えると絶対にヤバいレイドボス実装するから」

「あぁ……やるな」

そもそもレアな装備が強いとは限らないのだ。いまだに使い道のない【きらりんピッケル】みたいにね。いつになったらあれを装備できるのか……ピッケルのくせに魔法攻撃力がアホみたいに上昇するけど重量が重すぎて装備できない産廃装備だから今後装備することはないと思ってはいるが、ネタ装備ならネタ装備で一度くらいは使いたい。

「あとは古代兵器だけど……アレって取引できるアイテムではないから別段持って行って構わないし」

「それは確かに……むしろワタシとしてはあの理不尽マップを味わってほしいわね」

「でござるなぁ」

「レベルカンストさせてから挑むような場所ですよね、あそこ」

アリスちゃんのプレイヤースキルをもってしても瞬殺されるのだ。というか、レベルがカンストしても無理では？　そう思うぐらいに強すぎるのである。

「ワタシとしてはとりあえず実装したけど、レベルキャップが解放されないとまともに戦えないパターンだと思うんだけど、みんなはどう思う？」

「みょーんさんの言う通りだと思いますよ。実装できる範囲は積極的に実装しているみたいですし。水中は色々と処理などが大変だったので、時間がかかったのでしょうね」

「ということはシステム的には今が完全版なのか？」

「ネトゲで完全版、というのもおかしな話ですが。サービス終了まで完成しないのがネトゲですよ――いえ、サービス終了しても完成とは言えない気もしますが」

この錬金術師、プレイヤー名の割には色々とまともで助かる。主に暴走しがちな僕らの舵取り役などで本当に助かっている。なお、プレイヤー名で人のことは言えないのは棚に上げた。

あと、実質アーリーアクセスだから完全版もへったくれもないが。

「話を戻しますが、承諾については……そうですね、別に独占しているわけでもないですし受けても構いませんよ」

「よし、それじゃあ承諾ってことで」

これで前半イベントにも多少の変化が発生する——まだ前半も始まっていないのに、この話が来たのには理由がいくつかある。

そしてもう一つ。前半イベントのポイント交換アイテムで、縁日用の飾りつけや屋台、やぐらとか色々なものが交換できるようになるからだ。村などのフィールド用設置アイテムなので対象のプレイヤーだけが交換できる仕様になっている。

僕らの場合、村長を含めた村民全員が交換可能なのだ。今回のアプデではそれもあって、村の倉庫が追加された。通常アイテム類は保管できないが、こういう村に設置するアイテムを保管するためのものだ。

「基本方針は自分の欲しいもの優先でいいから。で、余裕があったら縁日用アイテムの確保。充実度はこのあたりのアイテム配置での判定だろうから、できれば積極的に狙ってほしい」

「そうねぇ……色々と貰えるみたいだし、頑張ってみるわね——それはそれとして、ワタシはスクロールで欲しいのがあるからそっちを優先するわ」

「まあ、適当にやるよ。【錬金術師】の上位職も探してみたいからね」

……すべての職業に上位職があるわけはないので、無駄骨にならないことを祈ろう。

「ワシはできる限り頑張るとするよ。豪華景品も欲しいからの」

※ Note: the first paragraph "まず一つは運営側の準備もあるからだろう。" belongs after "理由がいくつかある。"

「ほう、なかなかいいものもあるのでござるな…………対外的には報酬は後半の特別賞扱いみたいでござるけど。某としては、余計なトラブルさえ起こらなければそれでよいでござる」

「体面もあるからね。話を受けなかったとしても、祭りを盛り上げるようなことをすれば特別賞が貰えるようにはするって話だよ。ｂｙ運営からのメール」

一応貰えるものリストも貰っている。

こういうの先に教えてもらっていいのか？　とも思うが。

「へぇ……色々あるんですね——あ」

リストを眺めていたアリスちゃんは何かに気が付いたようだ。そういえばアリスちゃんにだけはぽろっとこぼしたことがあったたな。できれば気が付かれたくないので目を逸らしてしまったが……うん、あとで説明しよう。

「とりあえず皆さま、積極的にポイントを稼ぐということでオーケー？」

「そうね。集まれるかは微妙だけど、それぞれポイントを稼ぐことには変わりないわよ」

「ふふふー」

ところでこのロリ巨乳の金髪エルフ——ディントンさんはさっきからずっと怪しい笑いをしているけどどうしたんだ？

正直近寄りたくはないからスルーしていたが……あ、そうか。前半イベントに積極参加ということは当然効率を上げるために実質的な防具固定か。

夏イベントなので、ＭＭＯやソシャゲ特有の季節感を前面に押し出した装備にボーナスが付与される――そう、水着だ。いや、この辺りは前から話はしていたが改めてイベント目前となることで直視しなければならない問題が一つ。

「――さあー、完成しましたー新作水着ですよー！」

「嫌ァアアア!?　いい歳した大人がはっちゃけた水着きせられるぅぅぅぅ!?」

「みょーんさんー、そのイイ身体をーもっともっと前面に押し出しましょうー！」

うわぁ、ディントンさんがイキイキしてる。よだれもいつもより多めに垂らしております。

「だったらアンタが先に着なさいよ――ってもう着ている!?　しかも白スクってマニアックな……………」

「昨今の需要に合わせましたー」

「どこ調べよ」

「私調べですー！」

もうそれは、自分の趣味ではないだろうか。ディントンさん、自分が人に見られるの嫌がっていなかったか？　なんかどこかで頭のネジが外れたのか最近はノリノリなんだが。むしろ見られるの楽しんでいない？　前はセクハラがーとか悩んでいなかった？　もう逆セクハラでは？

そんな彼女らのやり取りを僕らはげんなりした表情で見つめていた。

みょーんさんも観念したのか、ウィンドウを表示させて装備を交換していた。言葉にすると、妙齢の女性が目の前で生着替えしているといういかがわしさ満載な言葉になるんだけど……ゲームだから一瞬で装備が切り替わるだけである。いかがわしさ0。

むしろ着替えの一瞬はのっぺりしたポリゴンに切り替わるので余計に残念な気持ちになる。

「ベースはビキニじゃが、無駄に装飾の多い水着じゃの……魔女イメージなんじゃろうか」

「たぶん……っていうか、いつの間に完成させていたんだ」

「これ某たちも着替えさせられるんでござろうか」

「当然、そうなるでしょうね」

「お兄ちゃん、アリス似合っていますか？」

「ああうん。可愛いよ」

「えへへー」

僕が褒めると、彼女は破顔した。なお、アリスちゃんの水着はひらひらした感じの上半身に下半身はパレオだ。普段のカンフー服も裾の辺りがひらひらした動きをしていたし、そこからのイメージだろうか？

まあ、よく似合っているけど。

「よぐそと殿、拙者はどうでござるか？」

「あーうん、似合っているでござるよ」

よぐそとさんが言い淀むのもわかる。アリスちゃんと並んだせいで、桃子さんの胸部が……その、言い難いのだが、推定小学生のアリスちゃんよりも寂しいというか、うん。

補足するが、アリスちゃんの件(くだん)の部分も大きいわけではないが――フェアリーの時と比率は同じである。なので、歳の割にはあるほうだった。それでゲーム内身長の同じ桃子さんと並んでしまったから……目を逸らしたい。具体的に言うと、年下のほうがBで年上はAが並んでいる。

そして、もうひとつ……なんで桃子さんの水着をフィットネス水着にしたんだディントンさん。より強調されてしまってなおのこと目を逸らしてしまうのだけれども。なんで水着の女性相手に恥ずかしさじゃなくて、いたたまれなさで目を逸らさねばならぬのか。

「忍者なんだからー、動きやすい感じのが良いでしょー？」

「的確なタイミングで解説ありがとうございますディントンさん」

「あとはー、私の趣味的なー？」

「うわぁ、いい笑顔」

このドS、桃子さんにあえてあんな水着を着せて楽しんでいやがる。

「そしてー、男性陣にもあるわよー」

うわぁい、うれしいなぁ……どうか変なものじゃありませんように。

とりあえず貰った装備を着てみるが、うん。良かったいつも通りだ。

「いつも通りの水着マフラー……形は前と同じか。デザインが違うけど」

「あとはカラーリングねー。それと【村長】に合わせた性能にしてみたわー。ベースは今更変えなくてもいいでしょー。そもそも村長から預かった装備を改造しただけだしー。ついでにーライオン丸に作ってもらったスイムゴーグルもあるわー」

「アンタも絡んでいたのか」

「片手間で作ったがの……ダイヤモンド使って」

「オイコラ。それ、現状での最高位レア素材の一つ」

だからレア度が星5なのかよ。性能はそこまで高くないが……なんだよ【煌(きら)めきのゴーグル＋2】って。すでに強化済みじゃねぇか。いや、この範囲なら失敗もしないだろうけども。

「というかライオン丸さんのその水着……なんで縞々(ボーダー)？」

「しかもこれ、性能クソいいんじゃよ」

笑うに笑えねぇ。昔の水着って言われて真っ先に思い浮かべそうな感じの代物(ブツ)を着させられたライオン丸さんは、どこか遠い目をしていた。コワモテだから囚人感が強いんだけど。色も白黒だし、明らかに狙っている。

そしてよぐそとさんだが……何と言えばいいのか、言葉に困るというか、あえて言うなら一言だけ。

「普通」

「普通じゃな」

「普通です」

「普通よね」

「普通で悪かったでござるな」

「ごめん。正直思いつかなかった……適当にTシャツ着ておいて」

「えぇ……それじゃあこれでも着ておくでござるか」

「なんで【わびさびTシャツ】なんだよ、流行ってんのそれ」

ライオン丸さんもそうだけど、なんでインベントリに入れているんだそれ。っていうか排出率高いの？　僕持っていないんだけど。

そして、あとはめっちゃ色々さんだが——だめだ、直視したら笑ってしまう。

「……」

「よく似合っているわ」

「すいません、チェンジで」

「なぜ!?」

いや、これはチェンジに決まっているだろう。

どう説明していいものやら……黒いラバー素材的な何か、というか水着なのコレ？　黒い帯でそれっぽく巻いただけに見えるアレ。

妖精が夏をアレする感じの水着……色々な意味で大丈夫なのか？

「せっかくの傑作がー!?　頑張ったのよー!?　星５どころか私が作った装備の中でも最高傑作の性能なのよー!?」

「デザインがアウトですよ……」

「むしろプレイヤーデザインでここまで攻めたものを作れるってすごいよね」

「型紙というかー、ベースの形はパターンがある程度決まっているからー、細部まで再現はできないけどねー」

結局この水着はお蔵入りとなり、めっちゃ色々さんは極めて無難な水着となったのである。

「水着がー……あぁー」

「やり過ぎ、ダメ、絶対。じゃな」

「たぶんそのうちタガが外れるだろうけどね」

ディントンさんに限らず、我々一同がその可能性を秘めているが。ここ数日でみんなのキャラはある程度把握した。一度タガが外れるとやらかす人たちばかりである。

「……否定できんのう」

「とりあえず、イベントはそんな感じでゆるゆる進めるか」

さて、方針も決まったことだしイベントまでどうするかという話なのだが……まあ、下見は必要だよねという話になり、とりあえずは水中ダンジョン探しに行こうということになったわけである。

このあたりの海を調査するか、それとも鉱山に潜るか……悩みどころだ。

「あれ？　鉱山に水場ってあったっけ？」

「あるにはある。ただ、潜れるほどの深さがあるかは正直微妙だけど。あと、古代遺跡のほうにはチラッと見えたかな」

あそこ謎光源で少し明るいし、下の階層が見える場所があるんだよ。で、覗き込める時があったから見たことがあるんだけど、地底湖みたいなものも見えた。

まあ、さすがにあそこは死ぬから行けないけど。それに光っている水だから入った瞬間溶けるとかありそう。

「その前に村長はアクア王国で色々と進めておいたほうがいいんじゃないか？」

「あぁ……そういえばそうか。すっかり忘れていた」

「普通忘れないでござるよ」

「もうここまで来たらいっそのことＮＰＣに会わないでどこまでやれるか試してみたくなるんだけど」

「いいから行ってくるでござるよ。村長のことだからどこまでもやれてしまうでござる」

みんなして、桃子さんのその言葉に頷いていやがる。

そこまで言うことはないと思うんだけどなぁ。

しかし、みんながそう言うならば仕方がない。アクア王国に行ってやるとするか……橋もとっくに完成しているし。いや、ここは海の中から潜っていくべきでは？

そう思って海に飛び込もうと駆け出した僕だったが……いや、やっぱりやめておこう。

「村長のことだから泳いでいこうとか言い出すと思ったんだけど、いきなり止まったわね」

「何かトラブルじゃろうか？　ラグが起きたとか？」

「たしかに、あの人の使っている機器は要求スペックギリギリみたいですけど」

「……あ、橋のほうへ行ったです――アリスもついていきますね」

「しかし、何故途中で止まったのか……海辺に何かあったのでしょうか？　私もちょっと水辺に近づいて――ああ、わかりましたよみなさん」

「めっちゃ色々さん、どういうことで？」

「例のＢＧＭは残っていました」

「…………人を丸呑みしそうなサメはいるのか」

アプデ前に水辺に近づくと、巨大サメが襲ってきた。そして、専用ＢＧＭ付きなのだが……まだそのＢＧＭが残っている、つまりヤツもまた存在しているのだ。

＠＠＠

「アクア王国へようこそ！」

「おお……これが伝説のテンプレ歓迎ＮＰＣ」

「どこに感動しているですか……」

アクア王国にやってきたということはつまり——僕はようやくこのゲームでＮＰＣとまともに遭遇したということだ。今まであとでいいかって考えてきてなかったからなぁ。

大砲による移動と衝撃を緩和する方法も確立したし、実のところはもっと早く来れたんだけどね。

円形の城壁に囲まれ、ファンタジー作品によく出てくる城を有する城下町を含めたこの町こそ、アクア王国である。まあ、周辺の島を含めた一帯がアクア王国領という設定だが、ゲーム内のエリア名称が『アクア王国』とついているのはこの町だけなのだ。

「何度来ても大きいです」

「このゲーム内の国家じゃ、ここが一番小さいんだけどね」

大陸側の国と呼べる地域は全部で4つ。大陸東のハラパ王国。草原地帯が多く、出てくる敵のレベルも低い傾向にある。もちろん例外が多いが、多くのプレイヤーがハラパ王国領内のスタート地点からのスタートだった。

そして西側にあるのがガンガー帝国。怪盗さんがここスタートだったらしい。後は【はじまりの墓地】がここにあることぐらいか……めっちゃ色々さんもここスタートなんだよな。詳しくは聞いていない。

次に、北にはドワーフ工業都市がある。ライオン丸さんが前に拠点を置いていたのもここだ。アイテムショップも数多く、ゲーム内通貨であるゴールドさえ持っていれば、様々なアイテムを手に入れることができる。

南にはエルフの森があるのだが……正直ここについては全く知らない。みょーんさんに世界樹があるってのだけは聞いたんだけど…………メタな話まだイベント未実装だからただデカいだけの樹なんだと。

「そして、僕たちが今いるのが大陸の北東にある島国アクア王国。僕らの村も一応、アクア王国領だし」

「掲示板だと大体王国っていうとハラパのほうですよね」

ハラパ王国。大陸の東側に存在する国で、広大な平原を擁している。

「そもそも今の今までプレイヤーがここに到達していなかったのが原因だけれども」

移動方法自体広まっていないし。マンドリルさんみたいにやってくる人がいないわけでもないが、めぼしいダンジョンがあるわけでもないからあんまり人気ないんだよね。サービス開始からまだ3カ月程度なので、大陸側の探索メインのプレイヤーが多いということもある。

鉱山のほうも何人か挑戦に来てはいるみたいなんだけど、大抵レベル上げ前の初心者がレアアイテム欲しさに無茶しに来たか、高レベルの人が古代遺跡に挑戦しに来たか。まあ、どちらも死に戻っているんだが。それ以外に鉱石類を採取しに来た人もいないわけでもないのだが……誘惑に負けて死に戻っている。あと、時々古代遺跡に潜り込んで死に戻っている人もいる。ここに。ああ、僕の経験値たち……誘惑に弱い僕でごめん。

「今後まだまだ増えるだろうけど……たぶん、そのうち旨味はなくなるよ」

「どうしてです？」

「オンラインゲームって、インフレしていくものなんだよ。鉱石や宝石系は1年ぐらいでトッププレイヤーからは需要なくなるだろうし、古代兵器も一人一回取れば終わり。古代遺跡はどうなるかわからないけど、そもそも現状のレベルじゃ挑戦するだけ無駄だから今考えても仕方がない」

まあ、今後のアップデート次第としか言えないな。

とりあえず教会での登録をするため、アリスちゃんに道案内してもらいながら進む。道中、NPCのショップを見て回ったり、初めてNPCとの会話でクエストが発生するのに驚いてみたり。まあまあ楽しい時間だった。アリスちゃんもなんだか楽しそうだし。

「ふふふ、お兄ちゃんとデートです」

「君、そういうのあんまり隠さないよね」

「下手に隠してもイライラするですから。このぐらいは素直に言ったほうがいいんです」

「そういうものか」

「お兄ちゃんは、ここまで言っても普段のまんまですよね……はぁ」

スマンが、そうは言われてもなぁ……どう反応していいかわかんないんだ。

と、そんなやり取りをしていたら教会にたどり着いた。

「いつ見ても綺麗なところです……村のアレ、教会というより礼拝堂じゃないんですか？」

「このゲームが教会、って言っていたら教会なんだよ……正確には教会ってシステム名だけど」

リスポーン位置に設定できて、テレポート場所に使えて、ファストトラベルできて、呪いの解除なんかもできる……そういうものをひっくるめて教会って呼んでいるのだ。

そういう部分深くツッコミ入れるのは野暮だからみんなあえてスルーしているんだけどね。

「一度気になりだすと色々言いたいのはわかるけど、頭を空っぽにしたほうが楽しいから」

「夢とかそんな感じのもの詰め込めるですよね」

というわけで教会の中に入ってサクッと登録。

「ここはアクア王国大聖堂教会だよ。御用は何かね？」

「なんかいきなり大司教みたいな人に話しかけられたんだけど……というかなんだその名前」

「色々とごちゃごちゃしています」

ま、まあ機能的には問題ないしサクッと登録しておく。

「しかし困ったことになった……ああ、どこかに勇敢な若者はいないものか！」

「あ、お兄ちゃん。王国内のギルドも行っておくですよ。使わないとは思うですけど、他の職業になれるようにしておいたほうが便利です」

「アリスちゃん、目の前で困っている大司教様がいるのにスルー？」

「しかし困ったことになった……ああ、どこかに勇敢な若者はいないものか！」

「でもこういうクエスト受けたら、長引きますよ？」

「それはそうかもしれないけど、後味が悪いんだよ」

「しかし困ったことになった……ああ、どこかに勇敢な若者はいないものか！」

「ほらぁ、アリスたちが出ていくかクエストを受けます！　って言うまで続きますよコレ」

「おお！　勇敢な若者よ！　わが頼みを受けてくれるのか！　ありがとう、ありがとう！」

――システムメッセージ：クエスト『海底神殿の魔物』を受注しました――

「ちょっと、まだ受けるって言っていないんですけど!?」

「さっきのアリスちゃんのクエストを受けます、ってやつを拾ったんだな」

「融通！　融通を利かせてほしいです！」

「実はの、このアクア王国の近海にはかつて大きな神殿があったのだ」

「ああ!?　勝手に進んでいます……」

「扉から出られないかな――見えない壁、だと」

外にいるプレイヤーがぎょっとした顔をしていたが、状況を理解したのか合掌だけして去っていきやがった……ああ、道連れが逃げていく⁉

「大陸からも多くの参拝者が訪れたものだが、かつて地殻変動があって海の底に沈んでしまったんだ。やがて海も荒れるようになってしまい、今では教団上層部しか知らないことなんだがね」

「前来たときはこんなクエストなかったのに、何故――」

「いやぁ、これは理由ハッキリしているよ。アプデで潜れるようになったからだね」

ちょうど水アプデが入ったから実装したクエストなんだろう。

大司教様も話に熱が入ってきた……え、長くなるのかこれ？

「しかし最近、どういうわけか海が以前より落ち着きを取り戻してね、誰かに調査を依頼したいということになったのだ――だが、アクア王国は大陸側との交流が廃（すた）れてしまっていてね。調査のための人材を依頼するのも難しいし、そもそもわが国にはそこまでの財力がない。アクア王国大聖堂教会と言っても左遷と何ら変わりない」

「おっと、なんか闇が深くなってきましたよ」

「ちょっと話が気になってきたです」

「特に帝国では暴利をむさぼり、教団上層部もそんな奴らとともに甘い汁をすすることに精を出すばかり――まったく、嘆かわしい！　我々の信仰する神様――優柔不断な『メルク』様、嫉妬深い『アマテ』様、管理したがりの『ディーネ』様、お三方のお言葉をお忘れなのか⁉」

「…………この世界の神様ってろくでもないの？」

「みょーんさんが、『なんで全力でふざけた神話書いた、スタッフ』って言っていました」

「そっか、ふざけているのか……しかもシナリオライターじゃなくてスタッフが書いているのかよ」

「『なんでハーレムラブコメものを神話にしたんだ』とも言っていました」

「言わなくていいから、できれば聞きたくない」

「でもお父さんとお母さんの昔話みたいで気になるんですけど。昔、お母さんから聞いた話そのままな気が……」

「よーし、それ以上言うのはやめよう。お兄さんアリスちゃんのご家庭の事情とか聞かなかったことにするから、それ以上はやめよう」

闇が深そうで踏み込むには勇気がいるから、さらっと言わないでほしい。

「えー、なんでか懐かしく感じるから気になるのですが。後回しにするです？」

「ホント勘弁してください」

そのあたりできる限りスルーしよう。

ゲーム内も、アリスちゃんの家庭の事情も。

どっちもいつか直面しないといけない気はするが……できる限り聞かないようにしたい。

「そこで君には海底神殿の調査をお願いしたい！　できればご神体など、何か持ち帰れれば持ち帰ってきてほしいのだ」

「あれ？　僕も受注状態だよね、コレ」

『『複数人で受けてパターン変えるとゲームの容量ヤバいでござるからなぁ』って桃子さんが」

「そりゃそうだ」

クエストも結構な数あるし、イベントシーンも相応の数が存在しているからね。っていうか、BFO(ぶふぉ)はクラウドゲームではなく、一部のローカルデータをユーザー側のPCにもインストールするので重くなるとこちらのスペックの都合が更に悪くなる。

「海底神殿はアクア王国の更に東だ、健闘を祈るぞ」

「あれ……マップ外だったような」

そもそもアクア王国が全体マップの右端――つまり最も東に位置するのだが。

「そうですよね。マップから出ちゃうです」

「…………あ、もしかしてダンジョン扱いなのか？」

まあ、行ってみればわかるか。

ようやく見えない壁も消えて、先へ進めるようになった。

「あ、クエストは受注状態だけど別にいつでも進めることができるのか」

「普通はそうなんですけどね」

「…………べ、別に村長クエストも強制じゃなかったし」

「知ってますです」

なぜか言い訳が口から出てくるが……あの時は色々と冷静じゃなかったんだ。

「こう、掲示板の魔力に取り付かれていただけなんだ」

「掲示板の魔力って……」

「とにかくまずは当初の予定通り適当にギルドとか周辺施設を回るか」

「ですね」

ダンジョン？　については後で考えればいいか。

アリスちゃんと二人、アクア王国内をプラプラと歩き回る。クエストを受注できるＮＰＣも数多く存在しており、話しかけることでクエストが発生するタイプの場合、頭上に？マークが浮かんでいるのですぐにわかるが……町並みはよく作り込まれているなと思っていたのに、なんだかやっぱりゲームだよなと思ってしまう。

「……いや、分かりやすいのっていいことだけどね」

「さっきの大司教には何も表示されていなかったのになぜです!?」

「突発的、というか隠しクエスト扱いなのかもなぁ。もしくは、他の理由で特殊なクエストなのか」

まずギルドに向かう理由だけど、とりあえず職業だけでも解放しておきたいのと、あとお使いクエストに何があるのか確認しておきたいのだ。

ちらほらとプレイヤーの姿も見えるが、やはりまだ人数が少ない。

「そりゃそうか。島国に来るよりも大陸探索するほうに時間を割きたいよな」

「そもそもここに到着するまで時間かかるですからね」

僕とアリスちゃんはヒルズ村鉱山内、エリア名【はじまりの炭鉱】からゲームスタートだったから必然的にアクア王国にたどり着いたが。

「そもそもなんでＢＦＯってスタート地点ランダムなんですかね？　スタート地点のやり直し、お金かかるですし」

「まだ発展途上というか、数カ月はアーリーアクセス版みたいなものだからね。売り上げが良くならないと、サーバーを強化できないとかなんとか。っていうか、アリスちゃんはそのあたりは知らないんだ」

「何でもかんでも知っているわけじゃないです。でも、ユーザー側があっ（察し）するゲームって……」

「何事にも先立つモノは必要だから」

「世知辛いですよね」

世の中の無常をかみしめ、とりあえずギルドへと入る。種別は冒険者ギルドか……ＢＦＯにおいてギルドとは互助組織のことで、各種職業ごとのギルドが存在しており、倉庫やお使い系のクエストの受注、職業の変更、その他システム面の操作が可能な施設だ。

ユーザー側が集って作る組織という意味合いでギルドという言葉を使っているゲームもあるが、ＢＦＯの場合はそちらをチーム（未実装）と呼んでいる。

この大型イベントが成功するか否かで今後のゲームの充実度合いが変わることだろう。

「あ、お兄ちゃん。こちらに各種職業担当のＮＰＣさんたちがいるですよ」

「分かりやすく一つのテーブルで酒を酌み交わしているのか」

目の前で、乾杯をしながら雑談をするＮＰＣが数名いる。じーっと眺めていると、やがて会話が最初にループして再び乾杯した。そして、また眺めているともう一度ループを始めて――とそこでアリスちゃんが困惑した顔でこちらを見ていることに気が付いた。

「えっと、何しているです？」

「レアパターンの会話がないか気になって……あと、ジェニファーが誰を選ぶのかも気になるんだ」

ジェニファー（弓を主体にした職業【狩人】の担当ＮＰＣ）が今、二人の男に言い寄られてって仲間に話しており、続きが気になるんだ。

「ループしているなら、答えは出ないですよ」

「……まあ、それもそうか。で、どうすればいいんだったかな」

「話しかけて、質問に答えるだけで転職可能職業が増えるってライオン丸さんが言っていたですよ」

「ならとりあえず一通り話しかけるか」

「ですね」

今回だけで【剣士】【狩人】【戦士】【武闘家】【魔法使い】の職業に転職が可能となる。まあ、使うかどうかは別だが。

「ふっふっふ。アリスはこれでパワーアップですよ！」

「グラップラーが【武闘家】のスキルを習得するのか……」

この子、生産系職業の【クラフター】で肉弾戦するぐらい天性のグラップラーだからなぁ……基本的に戦闘職のほうがステータス高いし、手が付けられなくなるのか。

掲示板であの幼女怖いとか散々言われているんだけど……いや、種族変えたら今は見た目幼女じゃなくなっているか。

「アリスの新たな挑戦が始まるですよ！」

「まあ、職業レベルは上げないと習得できないスキルもあるし、ステータスも低いし」

と、そこで部屋の隅でニヒルな笑みを浮かべているＮＰＣに気が付いた……おや、頭上に浮かんでいるマークは職業担当ＮＰＣのもの……なにか面白い匂いをかぎ取って僕は彼へと歩みを進める。

【対策会議】アイツらへのリベンジ3【え、無理じゃね】

59.名無しの重戦士

次のイベントはPVPじゃないから直接対決はなさそうだけど、それでもあいつらへの対策は怠らない。それが俺らのスタイルだ

60.名無しの錬金術師

イベントで暴れ回った連中、ホントどうにかできないかなぁ

61.名無しの狩人

前スレで探偵と怪盗とニー子のソロトップ3は諦めろって結論に達したのワロタ

62.名無しの重戦士

笑い事じゃねぇんだよなぁ……もうちょっと話し合いたいけど、この板って朝方じゃないと人集まらないし

63.名無しのネクロマンサー

まあ、ここは攻略に疲れた暇な人たちが適当にリアルチート連中をどうやったら倒せるかを与太話コミで話し合う雑談スレですしおすし

64.名無しの演奏家

ソロもパーティーもヤバい奴らばかりだったからなぁ

65.名無しの花火師

あの幼女、どうやったら倒せるんだ

66.名無しの釣り人
ネコミミ幼女怖い

67.名無しの錬金術師
もう幼女じゃないけどね

68.名無しの魔法剣士
動画で見たけど、あの子プレイヤースキルどうなっているんだ

69.名無しのサムライ
ジェット移動とか笑えなかった——ゴメン、オレ使えるようになった

70.名無しの戦士
え、マジで!?

71.名無しの魔法使い
みんな匙（さじ）を投げたアレを？

72.名無しのサムライ
とはいっても直線移動だけ
刀を改造して上位武器に派生させる時に魔法効果が上がるものを使って、
それで魔法使っただけ

73.名無しの錬金術師
目からウロコだった
そういえばコレゲームなんだから専用装備作ればいいだけじゃないか

74.名無しの鍛冶師
理屈は分かるけど、どういった組み合わせだよ
色々なレシピは見たけどどれを使ったのかわかんない

75.名無しのサムライ
デメリット効果なんだけど、魔法拡散を使った

76.名無しの剣士
え、なにそれ

77.名無しの魔法使い
あーそれがあったか
簡単に説明すると、使おうとした魔法が短い距離で弾ける
飛距離が全然出ない上に威力も下がるってデメリット効果
大中小の３段階があるんだけど、大なら手元で弾ける

78.名無しのサムライ
大が付けばいける。ただ難しいのは魔法効果が上がるけどデメリットも付く組み合わせじゃないといけないってこと
MPや魔法攻撃力とかは上がるけど、特定の属性（反動付きの取得しやすい炎がおすすめ）にデメリットが付くのがいい

79.名無しの鍛冶師
あー、あー、あー
そうかー、炎魔法攻撃力アップと炎魔法拡散・大の両方が付く強化素材があったけどそうやって使えばよかったのか……もう捨てちまったよチクショウ（´・ω・`)

80.名無しの騎士
後の祭りである
でもこれで最終兵器幼女……じゃなくて最終兵器ネコミミ少女に対抗できる

81.名無しの戦士
長い長いw
そろそろ新しい呼び名が欲しいところ

82.名無しの剣士
なんでみんなであの幼女の対策ばかり話し合うんだろう

83.名無しの魔法剣士
正直他の人は無理、で話が終わったから
探偵は強すぎる
怪盗は速すぎる
ニー子は近づけない

84.名無しの盗賊
幼女以外は勝てるイメージがわかなかった
ただ、幼女が種族変更した今、さらに強くなったという噂だからできれば近づきたくない

85.名無しの武闘家
でも、あr……あのカワイイ少女も弱点の一つや二つあるかもしれないのです
それにそれは年頃の女の子にひどすぎませんか

86.名無しの結界術師

カワイイ？
まだ俺が【魔法使い】だったあの当時、ショートジャンプで死角に入ったのに更に対応してくる時点でカワイイとは縁遠い生き物だと思った
おかげで【一発屋】も貰っちまうしよ

87.名無しの魔法使い

お前あの時の盾使いかw

88.名無しの剣士

いやぁ、お前は一発屋の素質あるよ。なんで大盾使っていたのに職業【魔法使い】だったんだ

89.名無しの武闘家

あ、あれはサムライさんとあなたがカウンター合戦したせいだったと思うです

90.名無しの結界術師

知らねぇ、認めねぇ
あんな理不尽味わって自分に原因があるとか認めたくない

91.名無しの鍛冶師

大人げないw

92.名無しのサモナー

大人げないw

93.名無しの武闘家
大人げないと思うです

94.名無しの盗賊
アレはあんたがそういうキャラビルドしているからでしょ
スキルだって防御系ばかりだから【結界術師】なんて防御魔法メインの上位職になったんでしょうに

95.名無しの魔法剣士
お詳しい……お仲間ですかw

96.名無しの盗賊
お仲間ですよw　すみませんねぇ、うちの人が

97.名無しの武闘家
うちの人、です？

98.名無しの剣士
まさかリアルご夫婦とか

99.名無しの盗賊
ええ、そうです

100.名無しの結界術師
リアルの事情はヤメレ

101.名無しの踊り子

夫婦で一緒にゲームとかいいなぁ

102.名無しの魔法使い

そんなにいいものでもないけどね……最初は良くてもだんだんつらくなるのよ

103.名無しの武闘家

別にそんなことないと思うですけど

104.名無しのサモナー

何か話がそれてるぞー
今はネコミミグラップラーについて話し合う時間だ

105.名無しの武闘家

え、その話続いていたです!?

106.名無しの狩人

まあそれを話し合わないことには終われない
というか、対策はあるのだろうか

107.名無しのサモナー

実は有力な情報を入手した

108.名無しの魔法剣士

ほう、有力な情報とな

109.名無しの盗賊

気になるけど、本当に有力？

110.名無しの武闘家
いや、ほら、別に使えない情報かもしれないです
だから言わなくてもいいんじゃないですかね？

111.名無しのサモナー
彼女、スキルで体の動きをアシストされるのが苦手みたいで、戦闘職だと逆に弱体化する
むしろ能力値の振り幅が小さく、ステータス的には器用貧乏の生産職などで変わった奥義使ったほうが強いのである
つまり、常時強力なスキルが飛んでくるわけではない

112.名無しの武闘家
あー！　なんで言ったですかー!?
いくらお兄ちゃんでもそれは酷いと思いますうううう!!

113.名無しの剣士
意外な弱点w　そうか、オートだめなのかw

114.名無しの盗賊
っていうかご本人だったのw

115.名無しの魔法剣士
貴女もこういうところ見るのね……っていうか、彼女についてそこまで知っているってことはそこのサモナー、炭鉱夫さん――もしくは村長ね？

116.名無しの魔法使い
何やってんの村長w

117.名無しの釣り人
ヒィイイ!?　消される!?

118.名無しの武闘家
消しませんよ!?

119.名無しの盗賊
村長さんに聞きたい。どこでその弱点に気が付いた？

120.名無しのサモナー
さっき受けたクエスト攻略しようってなったんだけど、せっかくだから新しい職業試そうぜってなったんだよ。出てくる敵のレベルも今の基礎レベルなら職業レベル1でも倒せそうだったし
で、僕もちょうど【サモナー】になれたから試しつつネコミミも自分の能力を活かすためにジョブチェンジしたわけなんだけども……まさかこんな落とし穴があったとは

121.名無しの狩人
ww

122.名無しの剣士
どんな弱点だw　スキル使わなければ強いんでしょ？

123.名無しのサモナー

【武闘家】だから魔法ステ下がる。ただでさえケットシーで低めなのにマイナス補正かかるとジェット噴射にも影響が出て大幅に弱体化しちゃった
MPもすぐに枯渇するし

124.名無しの武闘家
何故言うです!?　何故に言うです!?

125.名無しのサモナー
いやぁ、必要以上に怖がられているのも良くないよなぁと場を和ませようと

126.名無しの武闘家
その気持ちは嬉しいですけどもっと手段を！

127.名無しの錬金術師
例の掲示板ROM専だったけど、やっぱりやることがおかしいんだよなぁ

128.名無しの重戦士
というか攻略は？

129.名無しのサモナー
無事に死に戻ったから気分転換に掲示板見ていた

130.名無しの魔法使い
それでか

@@@

というわけで、アリスちゃんの意外な弱点が発覚した上にクエスト失敗——別に死に戻ったからといって失敗扱いじゃないけど——して戻ってきたというわけである。

「この、体を勝手に動かされる感覚に慣れ、慣れ……慣れるかぁ!?」

「荒ぶっているなぁ」

ちなみに、ナックルスキルの【メガトンパンチ】など、単発だけなら普通に使えていた。ただ、アレほぼ最下級スキルなんだよなぁ……僕もドリルを飛ばす時ぐらいにしか使わないし。そもそも使いどころがないから普段もほとんど使わない。

「どうすればいいんです？　というか海底神殿も水没していると思ったら普通に空気ありましたし！」

物々しい感じで受注させられたクエストだったから、あっさりダンジョンには入れて拍子抜けした。もうちょっとひと手間あるものだと思っていただけに、その落差も大きい。

「行きだけだったなぁ、水中移動」

しかも特に酸素ゲージとかないんだよね、このゲーム。

そこらへんの処理は面倒だったとみえる。それ言い出したらスタミナゲージとかも実装してくれとか言い出す人出てくるし、今のままでいいと思っているから特に何も言わないが。

「おのーれ……この借りは高くつくですよ、叔父さん」

「うん、何故そこでその単語が出てきたのか僕は何も言わないからね」

ちょいちょい話に聞いた家庭環境から推察されるにゲーム開発者か誰かが親戚にいるんだろうなぁ程度には考えているけど。

こういうことに関しては聞かないようにしよう。

「それに召喚獣もなんか思っていたのと違いましたし」

「だねぇ……いや、理想が高すぎただけなんだけどね」

召喚獣の使い心地を【村長】と【サモナー】それぞれで試してみたんだけど、なんというか……うん、まだ僕には早かったようだ。特に【サモナー】は。

AIが搭載されている、とは言うが……例えるなら某ロボットアニメのビット兵器である。【サモナー】の時は手動操作ができるようになり複数同時展開ができるけど、それ以外の職業では一つだけで自動操作のみ、みたいな感じ。

あの微笑んだのは入手時のイベント的なもので、使用時における表情は数パターンのみ。掛け声と息遣い的なのはあるんだけどそれだけ。話しかけても反応はない。

「そうだよねぇ……普通、こんなものだよね」

プレイヤー個々人、しかも召喚獣ごとに会話が成立するようなAI積めるレベルの代物だったら、他のNPCだってもっとまともな会話が成立するだろう。

AIとはいっても、あくまでも自動で攻撃や支援を行うってだけの話か。

っていうか会話できたらどんだけのオーバースペックなゲームだよ。

しかも【サモナー】って召喚獣以外のスキルが弱体化するから、非常に使いにくい。これでも上方修正されているのだから驚きである。前はどんだけ酷かったんだろうか。

少なくとも召喚獣が1体だけで運用する職業じゃないので、しばらくは使わないかなぁ。転職条件が召喚獣スキルを持っていて、なおかつ首都のギルドにいる召喚術師NPCとの会話だからあっさりなれたときは喜んだんだけどなぁ。

「……ハァ」

「とてつもなく残念そうです」

「まあ、うん。これでも期待値高かったんだなぁって――よし、切り替えていこう。色々と問題点は洗い出せたし、召喚獣自体は別の職業でも1体は出せるから」

まあ、最低限の動きだけっぽいし持続時間も短いが。しかし、利点は一度覚えれば他の職業でも使える、というところにある。それに【サモナー】で召喚獣を強化できれば他職業でも強化段階は引き継がれる。

いっそしばらく【サモナー】で遊んで他の召喚獣を手に入れるのもいいかもしれない。

と、そんな時アリスちゃんがあの事を聞いていませんでしたね、と話しかけてきた。

「そういえば、お兄ちゃん……懸賞（けんしょう）、応募するつもりですよね」

「…………」

「夏イベント後半、ポイント交換アイテムのおみくじ券、貰うつもりですよね？　さらに、村で縁日を開催するお礼も、おみくじ券で貰うつもりですね」

「あぁー、うん。みんなには言ったほうがいいかな?」

「そこはお兄ちゃんの好きにすればいいと思いますけど、こういうの当たらないイメージがあるです……そこまでして、パソコン欲しいですか?」

「うん」

「確かに、たまに動きがかくっとしていますけど」

僕以外、要求スペック以上のPC使っているからねぇ。

実のところ、僕のPCって要求スペックギリギリなのだ。できれば買い替えたいし、VR機器も反応速度がなぁ…………データ整理とかしてなんとかしている現状だ。

夏イベアップデートでなんかより不安定になったし。

「それをカバーできるお兄ちゃんも凄いですけどね」

「そうかなぁ?」

「そうですよ(なんでラグ起きているのに対応できているのか疑問です)」

実感はないのだが。あと、なぜかアリスちゃんは人のこと言えないんじゃないかなって気分になったのは何故だろう?

今回の夏イベント、今後のプロモーションや画集の発売などの際に色々と使うらしく、たくさんの企業が関わっているらしい。

商品が色々とあるのはその関係もあるのだろう……つまり、リアル側からも提供が多い。その中にコラボＰＣがあるわけである。

そして、夏イベント後半のポイント交換アイテムに、おみくじ券……まあ福引券（奉納だからおみくじ券って言い方らしい）のことなんだけど。

福引の商品の中にコラボＰＣやＶＲ機器があるのだ。

正直そういうもの目当てに頑張るのはどうかとも思うのだが…………事前情報でそういうのがあるってのも知っているのもどうかと思うし。

問題だらけだとは思うのだが、僕にも欲はあるわけで。

「やっぱり、貰えるものは貰いたいんです…………桃色先生」

「アリスは別に先生じゃないんですが」

「バスケが……したい、こともないです」

「どっちですか」

ゴメン、元ネタの派生ばかり見ていたら適当言っちゃった。

とりあえず、そんなわけで僕が他の人より乗り気な理由はそういうことである。

「…………そして、村の利用による報酬も大量のおみくじ券に使うと」

「うん」

「…………………今、アリスは本気で呆れています」

この後、村人全員にそのあたりの話をしたけど、全員から呆れられていました。

自分の分の報酬だし、夢を追うのは自由だからと、生暖かく送り出されることとなりました……絶対に当ててみせる。

第二章　イベントは始まってみれば、ひたすらマラソンするもの

【開幕のご挨拶】

いよいよ【BFO（ぶふぉ）サマーフェスティバル！】の開催です。

プレイヤーの皆さまはガンガンモンスターを駆逐してポイントを稼いでください。【ビーチファイターズ】開催中の間は水着装備の着用によりイベントポイントを多く取得できます。

アバターを着用の場合は、アバターの効果が優先されますので、水着以外のアバターをご着用の際はご注意ください。防具が水着でも、アバターが水着でなければボーナスはありませんよ（笑）。

交換可能アイテムは様々なものをご用意しております。中には後日開催予定のイベント【BFO音頭で踊ろう！】にて使用可能なアイテムもございます。また、交換可能アイテム【わだつみのしずく】は【ビーチファイターズ】後半にて使用可能になるアイテムです。詳しい効果は、使えるようになってからのお楽しみですよ。

交換可能アイテムの目玉は【古代のナイフ・壊】、起動中は必ずクリティカルが発生する古代兵器となっております。イベント交換素材で完全修復状態の【古代のナイフ・真】にすることもできます。

また、水着をお持ちでない方。イベント交換アイテムに水着もご用意しております。

釣りスキル、使うといいことがあるかもしれませんよ？

@@@

メニュー画面から表示させていた運営ブログを一通り読み、ついに来たかと気合を入れ直す。

というわけで、イベント開催である。

イベント開催までアイテムの整理やら、スキルの試し撃ち、水中フィールドでの動きの確認など色々とやっていたけど……まあ、地味な絵面だった。最終的に各々が自分のやりたいようにやりましょう状態だったから会話がなくなっていたし。

この前攻略失敗したクエストも、水棲系モンスターが出てくるからポイント稼ぎに使えるかもと攻略を放置していた上に、一度撤退した後はアリスちゃんとも別行動だったので数日ぶりに会っている。

「それじゃあ、さっそく行きましょうです」

「よくよく考えたら、なんでイベント前から水着だったんだろうな僕ら。ポイントも何もなかったのに」

「せ、性能はいいですから」

そう。よく考えたらまだ水着着ていなくてもよかったんだ。なのにヒルズ村の住民、全員水着着っぱなしだったのである。確かに性能はよかったよ。所持している防具の中で一番よかったよ。……なんで水着が一張羅なのか。

そのあたり今更気になったのだが……いや、本当今更だから言う必要ないけど。

「とにかくクエストの続きに行きましょうです」

「そうだなぁ」

「お？　二人は行く当てがあんじゃな？」

「うん。アクア王国の教会……大聖堂？　で受けられるクエストだよ」

「そんなのありましたっけ？」

現在村に残っているのはライオン丸さんとめっちゃ色々さんの二人。

他のメンバーは狩りに行ったのでいない。

めっちゃ色々さんはあっちこっちに出かけているからクエストを発生させていてもおかしくはないと思ったが……どうやら大聖堂のクエストは知らないようだ。

「村に教会建てたのでここからファストトラベルできますからね。わざわざアクア王国の教会まで行きませんよ」

「名前的には水関連のダンジョンとかありそうじゃから、めっちゃ色々さんなら立ち寄っていると思っておったが」

「僕もそう思っていたんだけど」

「それはそうなんですけどね。私、フレンドに誘われてイベントが始まるまでは地下墳墓に行っていましたし」

「ああ、例のネクロマンサーさんか」

前にめっちゃ色々さんから話を聞いた彼のフレンドで、不人気エリアナンバーワンの【はじまりの墓場】周辺に住んでいるらしい。だがどういう人物なのかは詳しくは聞いていない。相当な変人とは聞いているけど。

「そもそも【ネクロマンサー】なんて職業を使っているのは彼くらいですけどね。まあ、職業自体は私も解放しているのですが……あれ、すごく使いにくくて」

「同タイプの【サモナー】や【テイマー】を上回る面倒くささじゃからな」

「マジでか」

「会いたくないです」

アリスちゃんが心底嫌そうに言った。そういえばこの子、おばけとかダメなんだったたな。

「そんなことより、大聖堂のクエストです。ポイントは稼げそうなのです？」

「そうじゃな、そこが重要じゃ」

「海底神殿ダンジョン。棲息モンスターは水棲系。まあまあ稼げるんじゃない？」

「ついでにクエストクリアの報酬も貰えれば、一石二鳥ですね」

「めっちゃ色々さんの言う通りじゃな。それじゃあ、ワシらもクエスト受けてくるから待っておってくれるかの」

「じゃあ僕たちは王国東の海岸で待っているよ」

「大司教、こっちの話ほとんど聞かないので気を付けてくださいです」

アリスちゃんが顔をゆがめて忠告する。

「そこのネコミミ、何か嫌なことでもあったのかの？　随分と不機嫌そうじゃが」

「うーん……行けばわかるよ」

むしろ説明しないほうがおもしろそうだ。表情には出さないが。

いちいち歩いていくのも面倒だったので、大聖堂へはファストトラベルで一気に大聖堂まで行ったわけだが……さっそく二人が大司教に捕まった。

「しかし困ったことになった……ああ、どこかに勇敢な若者はいないものか！」

「なんかいきなり目の前に大司教が!?」

「あー、クエスト受けさせるためにＮＰＣがついてくるパターンのやつですか……」

「しかし困ったことになった……ああ、どこかに勇敢な若者はいないものか！」

「しかも受けるまでループするやつですね」

「え、これ受けます！　って言わないとどうなるんじゃ？」

「言い続けますね……まあ、スルーしてＮＰＣの初期位置から一定距離離れれば言わなくなりますが――」

「おお！　勇敢な若者よ！　わが頼みを受けてくれるのか！　ありがとう、ありがとう！」

「――なん、だと」

「なぜじゃ!?　システムメッセージも入りおったぞ!?」

「さっき受けます！　って言ったからです」

「それがアリスちゃんが嫌な顔した理由だ。あと、話を最後まで聞かないと大聖堂からは出られないからねー。僕ら、ダンジョン入り口手前まで先に行って待っているよー」

「また後でですー。アディオス！」

「なんじゃと!?」

僕とアリスちゃんは既に受注しているので普通に外に出て海岸まで向かう。後ろで見えない壁に拳をぶつけているライオン丸さんが印象的だったが……まあ、仕方がないことだよね。

「距離をとろうとすると顔を近づけてくるんじゃが!?」

「おとなしく聞いたほうが良さそうですね」

「オノーレ！」

@@@

そんなわけで、５分後に二人が海岸までやってきた。

「まさかもう一度聞かされないじゃろうな、とか言ったらもう一度説明しだすとは」

「不用意な発言、良くないです」

「アリスちゃんも不用意な発言したから受注したんだろうに」

「アリスのログには何も残っていないです」

「ハハ……とにかく、サクッとクリアしましょう。二人は一度潜ったんですよね？　中はどんな感じだったんですか？」

「うーん、鉱山ダンジョンぐらいには狭かったな」

「中は普通に空気があるです。サハギンとか、マーライオン[※17]とかがいました」

「マーライオン、モンスター扱いなんじゃな」

「このゲームのモンスター、割と適当なところありますから。実際の伝承とか結構無視していますよ。完全に見た目で選んでいますね」

　めっちゃ色々さんの言う通り、その場のノリとフィーリングで決めた感じのする奴らが多い。伝承のセオリーとかは効かなかったりすることもしばしば。

「まあ、全部が全部そうとは限りませんけどね。デュラハン[※18]は水属性弱点ですし」

「ヴァンパイアはそこらへんどうなんじゃ？」

「吸血もしなければ流水も平気だよ。もちろん日光も」

　ほら、今だって太陽が輝いているし。

　……なんかいつもより輝いていない？

「ああ、【ビーチファイターズ】中は常に快晴かつ、昼の設定だそうですよ」

「普段は4時間サイクルじゃがな」

　まあ単純に4時間でゲーム内の1日と覚えればいい。ＶＲものの小説でよくある時間加速とか存在しないから――というより、現実的にも論理的にも不可能である。実現したら脳への負荷と

【※17】マーライオン。上半身はライオン。下半身は魚の空想上の生物
【※18】デュラハン。頭部のない騎士。大概のゲームだとアンデッド系

かヤバそう――太陽がスーッと動いて夜になり、月もスーッと動いて朝が来る。

まあ、ゲーム内でそういう感じで時間経過するゲームを遊んだことがある人にはわかるのではないだろうか。いや、オープンワールド系のゲームは大体がそんな感じか。

で、イベント期間中は時間固定と……たしかに、メニュー開いたらゲーム内時間が12時で固定されている。

「時間でフラグ立つクエストとかどういう扱いなんだこれ」

「救済ありますよ。低ポイントで手に入る【夜のとばり】というアイテムを使えばそういったゲーム内時間指定のフラグが発生している状態にできるアイテムが手に入ります。1回30分間夜扱いの使い捨てですけどね」

「へぇ」

「イベント期間外も欲しいんじゃがそれ」

「残念ながら、イベント期間中しか使えません」

イベントそっちのけで、そういうの使う感じのプレイヤーもいそう。ひたすら高効率でクエスト回す感じで。

「いるでしょうね。BFOというかフルダイブ型ゲームはプレイ時間に制限がかかりますから、そうとう効率よく進めなければキャラクター性能を上げづらいですし」

そのおかげで廃人系の人たちと中学生の身分の僕とでキャラクター性能の差があまりないわけなのだが。もっとも、「今は」の話である。多分イベント後とかレベルキャップ解放後は差が大きくなっていると思う。

「とにかく、ダンジョンに行きましょう！」

「そうじゃな。ところで今更なんじゃが…………色々さん、その格好で行くのか？」

「ええ、何か問題でも？」

「…………いや、別に」

そういえば、この人の夏防具……サメの着ぐるみだったね。イベント始まるまでは水辺以外の場所に行っていたから他の格好していたけど、水辺ならそれを着てくるよね。サメの着ぐるみ上半身装備だから下半身普通に水着だし。

正直触れたくなかったんだけどなぁ……そのあたり。

「水辺なら、能力マシマシですよ。特にスピードは周りがすろぅりぃな感じで」

「海底神殿って、水辺じゃろうか？」

「たぶん、水辺……かな。一番近いのは水中判定だけど」

まあダメだったらダメで他の装備を着てもらえばいい。装備詳細を表示してもらい見てみるが、水中も判定内だしおそらく大丈夫だろうけど。

全員で水中に潜っていくが、ダンジョンまでは特に敵も出てこないので1分ほどで海底神殿に到達する。そんなに簡単なら大司教自ら行けるのではとも思わなくはないが、まあゲームだし。言わないほうがいいこともあるよね。

「というわけであっさりと到着です」

「本当にあっさりしておったの。海流でスムーズに進めたが……圧力とかないのか？」

「ないみたいですね。普通に呼吸もできましたし。ただ、体がふわふわしたあの感覚だけはちょっと苦手ですが」

「そうですか？　アリスは別に気にならなかったですが」

「……そりゃ、普段から飛び回っているんじゃから慣れておるじゃろう」

たしかに。

「とりあえず、色々さんは水辺判定、入っていますか？」

「オーケーです。圧倒的なスピードをお見せしましょう」

「結局着ぐるみのままか」

「職業、大丈夫ですか？　アリスたちは前回、舐めプ[※19]でひどい目に遭いましたから……」

「…………【武闘家】だと舐めプになるほうがおかしいんだけどね」

「だからこそ、今回は本気の職業にしてきました」

「狭い場所でビーム砲は厳しくない？」

しかも【クラフター】の奥義は再使用まで結構なお時間がかかりますよ。

「え？　【演奏家】はそんな攻撃できませんけど？」

「なぜにそれ!?」

というか戦えるのそれ!?

「まーたニッチなものを……色々さん、【演奏家】ってどういう職業じゃったっけ」


【※19】舐めプ。舐めたプレイの略。主に対戦系ゲームなどで非常に手を抜いて遊ぶこと

「たしか、素のステータスが高いですね。特に筋力値」

アカン。

「なおかつ、演奏によるバフ効果が入ります。スキル構成は【踊り子】に近いですが、あちらがステータスが低いのに対し【演奏家】はバフスキルを成功させるのに必要な時間が長い分、自分で殴れるステータスをしています」

結局それ実質グラップラー[※20]。

しかし、素の筋力値が高い上にバフでステータス上げられるって……スキルに頼らずに戦うアリスちゃんには向きすぎでは？

「ほー。で、楽器は何を使うんじゃ？」

「これです！」

そう言ってアリスちゃんが取り出したのは……リコーダー？　大きさ的にソプラノリコーダーっぽい。

「使い慣れたのが一番です」

たしかに使い慣れていそうな年齢だが……いや、そんなに使うっけ？

「リコーダーって使い慣れるっけ？　それなりに使用頻度はあったと思うけど、言うほど使い慣れるってわけじゃなかったような……」

「ワシ、もう吹き方忘れたんじゃが（笑）」

「私もですね（笑）」

【※20】グラップラー。本来は組み技を得意とする格闘家のこと。転じて語感の良さから格闘家全般の意味で使われることもある

「さすがに僕はまだ覚えてるけど……」

「毎日、お家で吹いているです！」

「そ、そうか」

「……家で吹くものじゃったろうか」

「そのあたり詳しく聞かないほうが良さそうですね」

なんか妙な闇を感じるんだけど。

だが、アリスちゃんは気にした様子もなく話を続けた。

「それじゃあ、とりあえずバフかけますねー」

割と聞き慣れた音があたりに響き渡るが……力が抜けるなぁ。

「しかし、【村長】のバフもかかっていることじゃし、結構ステータス上がるの」

「一つ一つの倍率は少ないですがね」

「そんなものだろうけどね」

まあ、適正ダンジョンより1段階ぐらい上のランクならなんとかなるレベルかな。

とりあえず、バフの効果が切れる前に先へ進もう。歩きながらでもリコーダーは吹けるからと、アリスちゃんはリコーダーで演奏しながら歩いている。

「なんか歌いたくなるな、これ」

「小学校の遠足を思い出しますねー」

「そんなに昔のことじゃないんじゃが、懐かしいの」

ふと、よく見るとアリスちゃんの装備というか……武器がバトルブーツだけになっていた。見たことないのだけど、新調したのか？　いや、リコーダーも武器扱いなんだけどさ。

……武器扱いのリコーダーとは？

「ところでそのブーツ、どうしたの？」

とりあえず、ブーツを作ったであろう人に聞いてみる。リコーダーのことは気にしないことにした。

「ああ。この前ワシが作ったものじゃな。グローブと同じで炎魔法のＭＰ軽減付きのやつじゃ。ただ、魔法攻撃力強化じゃなくて物理攻撃力強化のステータスじゃが」

「確かに、戦闘スタイルを考えるならそっちか。でもなんでグローブじゃなくてブーツ？」

グローブのほうが使い慣れていると思うけど。

「ああ、それは簡単ですよ」

色々さんがそう言ったとき、サハギンが1体だけ出現した。

まだ入り口付近だし、適当に魔法でも打ち込めば倒せるだろうとスコップを構えた時だった。

アリスちゃんがリコーダーをサハギンに向けて、強く息を吹いたかと思ったら――なんか、炎の矢が飛び出したんだが。そして、回転蹴りでふっ飛ばして倒した。

「楽器も武器扱いですから、手はあちらに集中させておくほうが効率がいいです。足技もかなりの練度ですし」

「暗器みたいになっているんだけど!?　っていうかあの子は格ゲーの世界のキャラか何かな

の?」

「そもそも武器を二つ装備できるというシステムを採用したのは、プレイスタイルの自由度を高めるほかに支援職や趣味職の戦闘面カバーという狙いもあるのです」

「うん、ゲーム雑誌でそのあたりのインタビューは確認したけど」

「じゃが、この使い方は想定の内かの?」

「ピー!」

アリスちゃんが吹き矢のように魔法を放ち、敵を射抜いていく。僕らもぼーっと立っているだけじゃなくて襲い掛かってくるサハギンやマーライオン、タコっぽい生き物を撃破していくんだが……。

「やっぱり数多い! ——ごめん、この前より増えてるよコレ!」

「このゲーム、そういえば人数で難易度変わりますからね」

「やっぱりポップ数とプレイヤーの人数は比例するんじゃな」

人口密度が高いエリアほどモンスターは多く出現する仕様です。

「ピー! ピー!」

「喋ってもいいんだからね!?」

いや、攻撃してくれるのはありがたいけども。

そんなやり取りをしている間にも敵は攻めてくる。攻め立ててくる。

「せめてもう少し広ければ爆殺できるのにッ」

「村長が怖いこと言っておるぞぉ」

「もう少し広ければ毒霧瓶使えるのにッ」

「やだ、こっちも怖いんじゃが。このテロリストどもと一緒のパーティーとか命がいくつあっても足りないんじゃけど。というかめっちゃ色々さんのは味方も毒状態になると思うんじゃが」

「ピー！　ピピー！　ピーッ!!」

「誰か人語を解する方はいらっしゃいませんかぁ!?」

　ライオン丸さん、発狂。

「おぬしらのせいじゃからの！　っていうか、色々さんもなんで一緒になってふざけとんですかサメ男め！　最年長じゃろうが!?」

「こういうのはノったもの勝ちなんですよ――だから、ここからは全力でふざけ倒します。そのほうが精神的負担は少ないので」

「ワシに負担が来てんですよ！　だから――ワシもふざけちゃうもんねー」

　そう言うと、ライオン丸さんは頭防具を変えた。

　……ウサミミに。

「これぞ秘蔵のウサミミ！　バニースーツと一緒に作ったワシお手製じゃぁ！」

「ぶふっ――ムキムキドワーフにミスマッチすぎる」

「絵面ッ……っていうか君【鍛冶師】ですよね!?」

「時々、【仕立て屋】で遊んでいる」

だとしてもなんでバニースーツなんて作っているのか……アレだな。ライオン丸さんの趣味だな。

「ピッピッピッピ」

「ほらぁ、アリスちゃんも今のライオン丸さんの絵面に反応して過呼吸みたいになってるじゃないか」

「まったくそこまで来たら私も秘蔵の武器【黄金のさすまた】を使いましょう。耐久値は低いですが、かなりの魔法攻撃力を持った一品ですよ。具体的には、物理攻撃に使うとあっという間に耐久値がなくなる！」

「さすまたなのに!?」

「ピー……お兄ちゃんの【きらりんピッケル】も大概です」

うわーお。辛辣。

というかだんだん収拾つかなくなってきた。

「やめやめ！　もうちょっと真面目に攻略しよう」

「ふざけ出したのは誰じゃったっけ……あれ？　誰じゃっけ」

「流れ、ですかねぇ」

「なんか疲れたです。もうすぐ、前やられたポイントですし気を付けたほうがいいです」

「アリスちゃんの言う通り結構きついんだここ、一気に敵がなだれ込んでくるから」

二人だったから今より敵は少なかったけどね。

それに前回は職業が合わなすぎた。いや、【サモナー】はまだ実用するには早いってだけなんだけど。そのうち使うつもりはある。

だからといって他の職業も遊ぶ気にならなかったしなぁ……。

「そろそろ来るよ」

「団体さんのご到着じゃな」

ぞろぞろと敵さんがやってくる。僕らの基礎レベルは大体30~40レベル。

「色々さん、敵の情報どれぐらいかわかる?」

「そうですね……錬金術師の『鑑定』判定なのでモンスター詳細まではハッキリしませんが、レベルは34ぐらいで、弱点は炎系ですね」

鑑定系のスキルは職業ごとに情報の開示範囲が異なるので、このように曖昧なことしかわからない場合もある。そう考えると【探偵】とかすさまじい情報量になっていそう。

「やっぱり僕らのレベルに合わせてポップしているよなぁ……」

めっちゃ色々さんの言葉と、前回挑んだ時のことを考えるに、おそらくはそうなのだろう。

それに戦ってみた感触としても楽勝とまでは言わないけど、それほど硬くない。

弱点もわかるならもっと早くに鑑定しておくんだったな。忘れていた。

「あのー、水棲系なのに炎弱点なんです?」

アリスちゃんの疑問ももっともである。

そのあたり気になったけど、敵の数が多いし倒してから考えよう。

「もう面倒だから色々さんの火炎瓶と僕の爆発瓶で延焼ダメージ狙おう」

「ですね」

「じゃあアリスが音波攻撃で炎を向こう側に飛ばしますね」

「ワシは【振動波】使って敵の動きを止めるかの」

最初にライオン丸さんがハンマーを振り下ろして、地面を揺らす。それにより周囲の敵がわずかにだが動きを止めた。

「合わせていくぞ！」

「了解！」

「です！」

アリスちゃんがリコーダーを構え、思いっきり息を吹く体勢に入る。

僕と色々さんでそれぞれの瓶を投げ、敵に着弾した。同時に、アリスちゃんが音波攻撃を行い僕らの近くへ炎が来ないようにしてくれる。こうでもしないと、自分にもダメージが入るからなぁ……今までに何度自滅したことか。ああ、犠牲になった経験値たちよ。

ちなみに、音波攻撃の代わりに風魔法でも代用が利くけど、MP効率は音波のほうがいい。

「ほとんど一本道なのが幸いじゃったな。ポイントもウハウハじゃぞ」

「今のでかなり稼げたのではないでしょうか？」

「いっそワザとクエスト失敗して周回するか？　死ぬと経験値減るし、メニュー画面からクエストリタイアすればいけるじゃろ」

「ダンジョン自体は何度でも挑戦できると思いますし、ボスも気になりますから先へ進みましょう。そもそもクエストリタイアしてもダンジョンから追い出されるタイプじゃないみたいですし、意味ないですよそれ」

まあ、それもそうか。

というわけで大量の敵を難なく撃破……いや、爆発ノックバックで下がった敵とか追撃しているからまだまだ生きてはいるんだけどね。

それでもほとんどハメ殺しである。動きを止めて燃やして飛ばして、止め刺して。

「一方的な、虐殺になっちゃったなぁ」

「…………悪いことしている気分です」

「効率いいのは分かるんじゃが、なんかこう…………罪悪感が」

「気持ちはわかりますが、これゲームですからね。アイテムの経費と経験値効率を考えると若干微妙ではありますが」

おそらく最年長のめっちゃ色々さんが先導し、先へと進む。道中の敵もワンパターン化してきているし、通路が狭いから飛んでくる敵もいない。

経験値の効率は悪くともイベントポイントの効率は凄く良いな。もうここ周回するだけで夏イベントのポイント荒稼ぎできるんじゃないだろうか。少し先が見えてきたのはそんな時であった。

開けた空間。円形の部屋のようだ……というか、見覚えがある配置だった。

「…………鉱山のボス部屋みたいな感じだなぁ」

「というかボス部屋じゃな。円形のボス部屋は多いんじゃぞ。基本構造をコピペしてダンジョンごとの内装に合わせて見た目を変えているだけとも言うが」

「中央にボスも見えますね――――は？」

部屋に入る直前、めっちゃ色々さんの足が止まった。つられて、僕たちの足元も止まる。

部屋の中央にいたのは、３メートルぐらいの人型だった。フジツボが付いた黒いコートを羽織っていて、体はたくさんの触手が編み込まれてできている。顔も触手が集まってできたような形で、中央部分だけが黒い穴となっている。その中に、淡く輝く光の球が浮かんでいる。

手のような部分には、武器を持っているけど……古代兵器みたいなデザインである。石のような質感に、所々光るラインが入っている。そして、刃は光の塊でできていた。近い武器は何だろう……ナタ？

「みゃあああ!?」

「うわぁ……気持ち悪いんじゃが」

特にフジツボがびっしりとしているあたりが……。いくらアニメ調だからって緩和される限度があるわ。

「なにを思ってこんなの採用したのか。なに？　ＴＲＰＧでもやっていたの？」

「別にＴＲＰＧ全般がグロテスクなわけじゃないじゃろうが……むしろ動画サイトでリプレイ動画でも見ておったのか」

「見るからにヤバいデザインですよね……スタッフ、何を考えてこんなのぶち込んだんですか」

いや、あれと戦うなら帰りたいんだけど………めっちゃ帰りたいんだけど、手には古代兵器っぽいの。少なくともパーツはドロップしそうである。

「……古代遺跡を攻略するのが難しい今、パーツの入手タイミングを逃したくないのですが」

「こんな正気度(SAN値)が下がりそうな奴どうしろと？　紫色のオーラを纏(まと)っておるし、強そうなんじゃが」

「実際強いですね。レベル50です」

はっはっは。約20レベルも上とか死ねと？

「死にますです」

アリスちゃんも同意するようにつぶやく。というか、実際問題ステータスどれだけ差があるんだろうか。

「まあ、道中の敵レベルが我々に合わせていたことを考えると、ボスもパーティーに合わせて強くなる仕様でしょうね………」

「それ、フィールドボス以外のボスモンスターがその仕様です」

目の前の触手魔人（仮）は極端だけど。いや、ボスモンスターだからこそか？　複数人で挑めばなんとかなるレベルに調整されていると考えるほうが自然だろう。徘徊(はいかい)しているフィールドボスはともかくダンジョンのボスモンスターが倒せないレベル設定とは思えない。

それはそれとしてこの気持ち悪さはどうにかならないものか。

「…………パシャっと」

「なんで、スクショ、撮ったんじゃ、今」

「いや、掲示板のみんなにもこの恐怖を味わってもらおうと」

「投稿したのか？　投稿したんじゃな？」

「色々さん、名前は何だった？」

「『エルダー（海）』ですね。弱点は特にないようです」

「（海）ってことは他にもいるですか」

「そうじゃろうなぁ……嬢ちゃん、きついなら帰るか？」

「いえ、ここまで来たのに勿体ないので頑張ります。それに、だんだん慣れてきました」

キモイのは変わらないが、本当に発狂するほどじゃない。初見じゃビビるが。

アニメ調じゃなかったらグロテスクすぎてログアウトしていたかもしれない。

「正直戦いたい見た目じゃないけど、ここから爆殺できないだろうか」

「ボスは戦闘状態に入らないとダメージ入らないですよ」

「仕方がないか――音声入力開始、行くぞみんな！」

【心が】ヤバい敵と戦っています【持っていかれそう】

54.村長
行くぞ、みんな！

55.鍛冶師
なんで音声入力したんじゃ!?

56.名無しの剣士
行くぞ！　じゃないよ！　なんてもの見せやがるんだ!!
おかげで悲鳴でスレが一気に50も埋まったぞw

57.名無しの武闘家
っていうか、その状況でツッコミを入れるのかw

58.名無しの武闘家
触手系マジ無理……そんなのいたのかこのゲーム

59.名無しの狩人
水棲系モンスターに妙にアレなのいるなぁって話はあったけど、決定的にヤバいのが出てくるとは…………いや、ゾンビ系も相当きもかったから今更か

60.名無しのネクロマンサー
どこで出現するんだろう、コイツ

61.名無しのサムライ

今のところ【村長】なんて一人しかいないし、アクア王国の周辺だろうな。
あの人他の地域には出てきていないから
条件は判明しているから挑戦しているプレイヤーは何人かいるけど

62.名無しの剣士
アクア王国に行くのムズイんだよな……
北ルートが一番簡単っぽいけど、ドワーフじゃないとクエスト発生が面倒でさぁ

63.名無しの盗賊
わかっている範囲でも何パターンかあるからね
他にも行っていない場所多いし、気長にやろう

64.名無しの魔法使い
このゲーム無駄に広いからw

65.村長
ちょ、顔からビーム撃ってきた!?

66.演奏家
やっぱり帰れば良かったですぅうううう!?

67.鍛冶師
ワシ、この戦いが終わったら結婚するんじゃ

68.錬金術師
死亡フラグ立ててないでさっさとポーション飲んでください

69.名無しの狩人

一人も戦闘職いねぇw
別にこのゲーム、スキル結構自由に覚えられるから区分に意味があるか微妙だけどw

70.名無しの仕立て屋

楽しそうなことしてるー

71.名無しの魔法使い

楽しそうか？　これ
っていうか手のひら返すのはえーなオイ

72.鍛冶師

まだじゃ！　まだ、終わらんよ！

73.名無しの剣士

動画で見たいんだが

74.名無しの魔法使い

運営、アップデート期待しています
動画配信可能に！　配信する側のPCすさまじいスペック要求されそうだけど

75.錬金術師

ああ!?　ライオン丸さんが!?

76.演奏家

すぐに蘇生させます！

77.村長
おのれ、ライオン丸さんの仇――あ

78.演奏家
お兄ちゃーん!?　あ

79.錬金術師
伸びた触手による薙ぎ払い攻撃!?

しかし、そんな攻撃私には通用しませんよッ、そう……この即時蘇生アイテムがあればね

80.名無しの武闘家
死んでんじゃねーかw
っていうかプレイヤーネーム出すのならコテハン[※21]に使ってもいいのでは？

81.名無しの釣り人
ヤバいモンスターのスクショが貼ってあるスレだと思ったら……どんな状況だコレ
読んでもわからんのだが

82.名無しの剣士
現村長、元炭鉱夫によるボス戦攻略実況スレッド
愉快な仲間たちもいるよ

83.名無しの忍者

【※21】コテハン。固定ハンドルの略。主に掲示板上で匿名ではあるが、固定名で名乗る際につける

今回のイベントも絶好調な人たちである

84.名無しの戦士
相変わらず、妙な引きをしている……運がいいかは微妙だが

85.演奏家
奥義スキルの使える【クラフター】で来るべきだったでしょうか

86.村長
あれ一発撃ったら次に撃てるの30分は先だしなぁ

87.錬金術師
むしろアリスさんと村長の2種類のバフでようやく戦えているようなものですからね……
たぶん、バランスのいいパーティーで挑むの前提なんじゃないでしょうか
そもそも我々戦闘スキルメインの職業いませんし

88.鍛冶師
じゃったらクエストも複数人対象音声入れればいいのに。あの大司教、完全にソロ対象の音声じゃったぞ

89.村長
ダンジョンとクエストは別々の人が作ったんじゃないの？

90.錬金術師
いや、むしろモンスター担当とフィールド担当が違うと考えたほうがわかりやすいのでは

それか、クエストの受注は一人で受ける前提なのか

91.演奏家
ちょ、アリス一人で持ちこたえるのキツイですから早くヘルプ！

92.村長
あ、ごめん！

93.鍛冶師
こういう考察始めると、止まらなくなるんじゃよねぇ

94.錬金術師
そういう習性なもので

95.演奏家
なんでもいいですから早くヘルプです！

96.名無しの武闘家
ボス戦中に内輪で会話しだしたw
っていうか、会話垂れ流しているだけなのかこれw

97.名無しの魔法使い
グッダグダじゃねーかw

@@@

「いやぁ、エルダーは強敵でしたね」

「まだ倒しておらんじゃろうがッ」

「現実逃避はやめてそろそろ目の前の敵に向き合いましょう」

ようやくHPバーも残り3分の1、というところまで頑張って減らした僕たちである。

というかコイツ、HPを減らしていくと行動パターンが変化するタイプの敵で、変化する都度に僕らがてんやわんやした結果、残りのアイテム数がヤバい。

「前に挑んだ時、油断しなければ平気なぐらいの難易度かなーって判断したから、今回持ち込んだポーションが足りなかった……」

「私も、油断してアイテムとゴールド預けていませんでした」

「アイテム整理ぐらいちゃんとせんかテロリストコンビ。それに、おぬしらアイテム利用メインの戦闘方法じゃろうが。むしろなぜそれで整理しておらんのか」

「そうです。レアドロ[※22]しても持ち帰れなくなるですよ」

ごもっともである。でも、整理整頓って面倒じゃない？　特に僕とめっちゃ色々さんはアイテムをたくさん使う分、入れ替わりが激しくて。

デスペナルティの緩和も行われるが、現バージョンでは死亡時にランダムでアイテムを落とす

【※22】レアドロ。レアドロップの略。低確率で排出されるレアアイテムを手に入れること

上にゴールドも減る。

「死んだらゴールドと経験値は必ず落とすんですよね……死に戻りたくないのですけど」

現在、ゴールドを預け忘れてやべぇって顔のめっちゃ色々さんでした。

そんなわけでエルダー（海）のHPが3分の1になったことがトリガーで、パターン変化が行われているんだが……ちなみに、こうやってグダグダ会話していられる理由もそれである。

「まさか形態変化もするとは」

「行動パターンだけじゃなく、第2形態持ちとは……この私の目をもってしても見抜けなかった」

「それはアレじゃな。節穴じゃからじゃろうな」

「年長者は敬っていただきたい」

「だったらもうちょっと落ち着きを見せてほしいんじゃが……今の格好わかっとる？　サメの着ぐるみじゃぞ」

「大人だって、大人だってたまにはハジケたいんですよ!!」

「お、おう……すまんかった」

何か嫌なことでもあったのだろうか？

そんなこんなで、ボスの形態変化が終わる。

今までの人型から、球体のような見た目へ。

「なんか、このロリコンどもめ！　とか言い出しそうな見た目してるな」

「そうなったらターゲットは村長じゃな」

「それはあんまりじゃないだろうか」

というかどういう意味だコラ。

「そうですよ……むしろそれはディントンさんに言うべきです」

「最近、あの人そういう視線隠さなくなっていますです。前と違った意味で近づきたくないんですが」

「そういえば、アリスちゃんのほうを見ながらご飯3杯はいけるとか言っていたな」

「ひぃっ⁉」

「無駄話もそのあたりでやめておこうか」

「アリス的には無駄話ではないのです⁉」

「いや、そろそろ奴が攻撃を仕掛けてこようとしているから。あとでしっかりと応対するから」

そんなわけで、目の前の敵に集中しよう。

中央は相変わらず空洞のような感じで、光る球が浮いている。眼球、というわけではないがそのあたりから視線を感じるのが気持ち悪い。

「そういやアイツが持っていた古代兵器っぽいのは？」

「球体になる時に中に入っていきおった」

「飛び出してくるかもしれないし、近づくのはやめて遠距離から狙おうか」

「了解です――『ジェット』！」

「なんでそこでキーワード言った!? 近づくなって!!」

「フリじゃなかったですか!?」

しまった。ふざけすぎてアリスちゃんがネタだと思ってしまったのか。アホなトークをし過ぎた弊害がここで出るとは。

「リカバリー! リカバリーするぞ!」

「結局全員で特攻じゃないですかやーだー。あとそこはカバーでは?」

「リカバリー。略してカバーだ!」

「言ってないでスタン[※23]でもなんでもいいから動きを封じるぞ。光の球の輝きがエライことになっておるんじゃが」

「絶対ゴン太ビーム撃ちますよこれ」

ギュンギュンというヤバい音を響かせながら光を吸収している。ダンジョン内は妙に明るかったんだけど、だんだん暗くなってきた。

あーこれ、かなりヤバいやつだな。

「撃たせる前にやるのだぁ! やーっておしまい!」

「がってん! 『スキルコンボ・ワン』発動じゃぁ!」

何やらチャージ攻撃系を組み合わせたハンマーの連撃を行うライオン丸さん。うん、普通だ。というかセットしているワードも普通だし。もっとハジケてもいいのよ?

「私も、『爆殺殺法』! もってけ泥棒ですよ」


【※23】スタン。状態異常、気絶。一定時間動けない状態になる薬品系の爆発瓶を投げまくるめっちゃ色々さん。

「食らえ『爆殺殺法』！　って色々さん、ワードかぶりですよ」

樽に火薬を詰めた物理系の爆弾を投げまくる僕。

「…………アリスから近づいておいてアレですけど、何か嫌な予感がするですから、離れたところで蘇生準備しておくですね」

おのれ、色々さんめ。キーワード登録[※24]でスキルの連結ができるこのゲーム、キーワードかぶりは恥ずかしいというのがわからんのか？

あと、アリスちゃんはジェット移動で一気に離れた――ってそういえば、それがありましたね。

慌てなくてもアリスちゃんなら余裕で回避できたんじゃ？

「ってめっちゃ色々さん、爆弾アイテムと投擲（とうてき）スキルの組み合わせって僕とほとんど同じ組み合わせじゃないですか」

「その組み合わせはどうしてもかぶるでしょうに。それに私は毒瓶も使いますよ」

「くっ……こっちの手持ちは他にはミント爆弾ぐらいしかない」

状態異常ミントを引き起こすアイテムだ。一定時間ミントが体に生え、ＨＰを吸う。なおかつ一時的に炎属性が弱点になる効果がある。まだ低ランクのものしか作れていなく、それではボスには効果がないので使っていないが。

「二人とも、くだらないことで言い争っている場合じゃないと思うのじゃが」

「いえ、ここはハッキリさせておくべきです――どちらが真の爆殺殺法マスターか」


【※24】キーワード登録。BFOでは言葉をスキル発動用のトリガーとして自由に設定できる。複数のスキルを連続して使用する形での登録もできる

「ベヒーモスを爆殺した僕にかなうとでも？」

「結局自爆じゃないですかアレ」

「だったら、また決めてやるよこの爆弾岩でなぁ！」

「なんでまた持ってきているんじゃ!?」

「いつも持ち歩いているんだよ自決用によぉ!!」

「なんでじゃ!?」

「もう遅いと思いますけど、お兄ちゃんたちー！　ビームが発射されるですよー」

「「え」」

アリスちゃんがそう言うと、ゴン太ビームが発射された。奴は照準をこちらに合わせており、もうすでに避けようがない。

「蘇生旋律吹いて準備しておくので、心置きなくやられてくださいです」

「わ、私だけでも助かるために、緊急離脱！」

「させるかぁ！　爆弾岩発射ぁ！」

「やりやがったぞコイツ!?」

少しでもダメージを与えなければッ、与えなければならないのだ！

というか今更だけどこんなくだらない感じでやられるのはさすがに嫌なんだが。

ギリギリ間に合った爆弾岩のおかげで敵さんにもダメージを与えられたが、あっけなく僕らは蒸発した。なんかやられる時は一瞬でやられるパターン多いよね。

「「「ギャース!?」」」

「――はい、蘇生です……っていうか、どこぞの漫画じゃないんですから」

アリスちゃんのリコーダーがすぐに僕らを蘇生させる。というか、いつの間に蘇生スキルなんて覚えたんだろうか……助かったけど。

あと、その微妙なものを見る視線は意外とキツイので勘弁してほしい。

「正直すいませんでした」

「ごめん、なんか妙に混乱していた」

「あれかのう。SAN値[※25]下がり過ぎていたんじゃろうな。ダイスロールに失敗したか」

「まったく。しっかりしてくださいです」

アリスちゃんにそう言われ、頭を下げる僕たちである。

正直、返す言葉もない。最初飛び出したアリスちゃんを助けようとしたはずなんだが……いつの間にか身内で争っていた。

「まさか、仲間割れさせるデバフを使う敵!?」

「そんなわけあるかい」

「幸いすぐにもう一発撃つわけじゃないようですね。少し黒ずんでいますし、チャンスでは?」

「デカいの撃った後反撃チャンスとかよくあるやつじゃな！　よし、叩き込むぞ――って、色が戻っておるぞ」

「ああ、蘇生した分時間が過ぎているから。ついでに言うならコントもしていたし」


【※25】SAN値。正気度。TRPGなどで使われる用語。転じて正気を失った様子などに冗談として使うというわけで、再び奴が光を吸収する。どうやらとりあえずこのパターンだけが続くようだ。

「とりあえず散るぞ。四方に散らばれば狙いも分散するだろう――ってなんで僕を狙うんだ!?」

「正直ダメージ一番稼いでいるのって村長じゃしなぁ」

「ですよね。おまけに爆弾岩で倍率ドン」

「アリスたちはお兄ちゃんとは反対方向でスタンバイしていますので――ってこっちに向いたです!?」

「ああ、密集していたらそっち優先なのか」

「オノーレ!?」

「散らばるぞ！　やはり四方を囲むべきじゃ。そうすれば少なくとも狙いは村長に向く！」

「蘇生役がいなくなるのはマズイです。なのでアリスは離れていくです」

「発射してきますよ――狙いは村長です！」

「結局そうなるのかッ『ドリル&カウンターモード』！」

スコップを構えて、ドリルに変形させた剣先で防御する。更に盾スキルの【カウンターモード】を発揮した。ドリル自体、防御系スキルと組み合わせると投げ飛ばしカウンターが発生することが分かっている。更に、盾の吹き飛ばしカウンターと組み合わせるとどうなるか。

「答えはこれだぁああ！」

「ビームを跳ね返したです!?」

「そんな技があるなら早く使えばよかったのでは……」

「正直タイミングがシビアだし、下手するとあらぬ方向に飛んでいくから使いどころが難しくて」

「ワシらにも当たる可能性あったんかそれ」

ＭＰも大幅に消費するから、連続じゃ使えないし。

ベヒーモスの時みたいに【メガトンパンチ】でドリルを飛ばすよりは成功率は大分高いのだが。

大体、40パーセントぐらいだろうか。

「というわけで後方でＭＰ回復しているからあとよろしく。なんならトドメ刺してボーナスとってもいいぞー」

「そうじゃ、それがあったの忘れておったわ」

「なにがでるかな♪　なにがでるかな♪」

「？」

「どうしたんじゃ？　軽快なリズムでそんなこと口ずさんで」

「そうか…………通じないのか」

い、色々さん。ぼ、僕は知っていますから。そもそもめっちゃ色々さんが知っているのもなんでって言いたくなるレベルのネタではあるんだけど。まあ、ネットにはいろいろと転がっているからその口だろう。

ただ、それ口ずさむなら職業は【遊び人】にしておくべきではないだろうか。アレ、サイコロとか使って出目でスキル効果が決まるし。

「どうだー削りきれそうか——あ、なんかバチバチしてる」

「またパターン変化です！」

「いい加減にしてほしいんじゃが!?」

「面倒なボスですよねコイツ……こんなのが他に何種類もいるんですか。正直また戦うのは嫌なのですけど。よほどの旨味でもない限りはこれっきりですよ」

そりゃ（海）ってついているんだし、他にもいるんだろうな。

他にはどんなところにいるんだろうか。

「死に戻ってまた攻略するのも嫌だし、とっとと決着つけるぞ！」

「よっしゃぁ！　——硬くなっていやがるぞ」

「バフをかけるです！」

再びアリスちゃんが演奏を始める。ただ、速すぎて音楽に聞こえないが。

ＭＰポーションも飲み終わったし、再びドリルを発動させる。

「いい加減決着つけるぞ！」

「これ終わったら帰って休むぞー！」

ホントそれ。さすがに疲れた。

ドリルを構えて突撃する直前、色々さんが宝石を掲げると、攻撃力上昇のバフがかかった。どうやら、バフアイテムを使ったらしい。

「突撃ー！」

「チャージからの、一撃じゃ！」

僕が槍スキルによる突撃で奴を攻撃し、その直後にライオン丸さんがハンマーを叩き込む。

それにより、ボスのＨＰは一気に削れた。

「よっしゃぁ！　終わったぁ！」

「疲れた…………さすがにもうやりたくないんじゃが」

「ですね」

「ようやくですか。とりあえず、奥に小部屋があるみたいですし、クエストアイテム回収しちゃおうです」

「それもそうだな…………そういえば、ドロップアイテムは？」

僕のところには古代兵器のパーツなど。あとはアクセサリーの類か……ＭＰ上昇効果があるし、装備しちゃおう。

なお、パーティーのアイテム配分だが、ドロップしたものは自分のものという形である。別段報告とかもしなくていいのだが、話のタネに。

ラストアタックも取ったもん勝ち。

「釣り竿が出ましたです」

「私は…………スキルスクロールですね。【チャージビーム】ですか」

「それ、最後に使っていたやつか」

「誰か欲しいですか？」

「僕は別にいらないかな」

「ワシも」

「アリスも間に合っています」

もうちょっと楽に攻略できるようになれば入手しに来るかもしれないけど。

「それじゃあそのまま私が。タメ[※26]が必要でも火力の高い遠距離攻撃があるのは便利ですからね」

「いいのう。ドロップのほうは素材ばかりじゃ……で、トドメ刺したボーナスドロップは古代兵器だったんじゃが」

「あっさり手に入るんだなそれ」

もしかして、古代兵器って入手自体は簡単なのかもしれない。おそらくその分修復が大変なんだろうが。

「名前は?」

「【古代のアックス・壊】じゃな」

当然、壊れた状態から修復する必要があるのか。

「斧だったのかそれ……」

「修復しないことにはどんな性能なのかわかりませんけどね」

「じゃなぁ……伐採スキルは使ったことあるが、適用されるんじゃろうかコレ」

「無理でしょうね」

「そもそも古代兵器は通常スキル一切使えないぞ。奥義も適応外」


【※26】タメ。チャージのこと。発動に時間がかかるスキルなどを指す

「あ、あはは……」

「現状意味なしか」

「そ、そういえばボスも水棲系ですから、ポイント入っていますよね」

妙な空気を変えようと、アリスちゃんがそう言ってきた。

そうだな。たしかに（海）だもんな。

「あんだけ苦労したんだからポイント少ないじゃ済まされない——あ」

「どうしたんです？」

「なんか、ヤバいくらいにポイント入っていた」

「………ホントじゃな。文字通り桁違いじゃ。二つほど」

「このポイント数なら周回効率かなりいいのでは？　疲れたとはいっても、この攻略速度でこのポイント数……え、うまうまでは？」

「ですよね……」

「あーうん。とりあえずダンジョン攻略も終わったし、まずはクエスト報告を終わらせよう。というわけで、掲示板のみんなもさよならで」

「そういえば音声入力しっぱなしでしたね」

「じゃなぁ」

「………人、たくさん来そうです」

「効率良いって言っちゃったしな」

「まあ、アクア王国まで来るのが面倒じゃし、言うほどは多くはないじゃろうが話を聞きつけてやってくる連中はいるじゃろうな」

「………クエスト報告して、村に戻って準備終わらせたらさっさと戻ってくるぞ」

「「「了解！」」」

この後、めっちゃ周回した。

面倒くさいとか言っていたけど、前言撤回で。やっぱり高効率の魅力には勝てなかったのだ。

この高効率なら欲しかったあれやそれも手に入る。気持ち悪い見た目？　それがどうしたというのだ。いいから周回だ！

@@@

仲間内で集まって一緒に遊んではいるが、そもそもお互いに顔も知らないわけで、ゲーム内だけの繋がりだから事前に約束でもするか、ゲーム内でメッセージのやり取りなどでもしない限りは集まらないこともある。

当然、たまにはソロプレイを楽しむ時もあるわけで……ちょっと水中探索にいそしむ僕であった。

「操作感変わるなぁ……いや、実際に体を動かしているようなものだから操作感ってのもおかしい話だけど」

体がふわふわと浮いているような感じと共に、妙な圧迫感があるような気がする。矛盾しているような話だが、水の中を自在に動けるというのは何とも不思議な感覚をもたらすのだ。

まあ、水の中で普通に呼吸も会話もできる時点で現実とは異なるわけだが。

「……こういうこと、ソロでもないとできないからなぁ」

現在の僕の職業は【サモナー】で、召喚獣スキルの強化のためにコツコツとレベル上げを行っている最中だ。

なんというか地道な作業をしているところを見られたくないので、一人で海に潜って隠れるようにレベル上げをしつつ、スキルの強化を行っている。

まずは職業を変えたことによる召喚獣の挙動の変化の確認のため、マーメイドを召喚してみたわけだが——まさかそう来るとは。

目の前に出現したのは空中に浮く半透明のキーボード。

「コンソール[※27]が出現するスキルなのか……召喚獣、手動で動かすのかよ」

うわぁ……面倒な仕様だなぁ。ある程度簡略化させたり、事前にパターンを組めるみたいだけど……ああ、いわゆる自分でＡＩを組んで戦闘用ＮＰＣを召喚する系の職業なのね。

なるほどなるほど……うん。地道にやっていこう。イベント終了後に。

「時間かかる作業は後回しにするかぁ」

ちょっとぐらいレベル上げはするが、イベントまで手が回らなくなるのは嫌なのです。

というわけで、海から地上へと戻る。

【※27】コンソール。制御ツールのこと。BFOでは一部スキルなどでパソコンのキーボードやゲーム機のコントローラーなどを模した制御ツールが出現する

砂浜から顔を出すと……女性陣が集まってビーチバレーをしていた。いや、なぜ？

どうやらこちらに気が付いていないようで、何やら女性陣だけのトークをしているようだけど……なんか盗み聞きしているみたいな感じだし、さっさと顔を出すか戻るかしたほうがよさそうだな。

「ところでアリス殿、村長殿とはどこまでいったでござるか。参考にしたいでござるが」

「いや、いきなり何の話です？」

「そうよー。というかー、大学生にもなって小学生に恋愛どうこう相談するのはどうなのー？」

参考ってなんだ参考って……これ以上聞かないほうがいいな。さっさと戻ろう――そう思った時、みょーんさんが大きなため息をついた。

「ワタシとしてはネトゲだけじゃなくて、ちゃんとリアルでも会ってから恋愛しなさいと言いたいんだけどね……本人たちがよくても、周囲の目線とか面倒な時あるわよ」

「そしてお持ち帰りされるわけでござるな。拙者としてはよぐそと殿ならオーケーでござるよ」

「アリスのいる場所で言う話じゃないですよね」

「自重しなさいー」

「というか自分の体は大切にしなさいよ」

「だけど、それぐらいしないと進展しない予感すらしているのでござるよ!?」

「だったら女性陣だけじゃなくて、男性陣にも相談してみる？」

「奴らに聞かれたら、恥ずかしくて拙者――何するかわかんないでござる♡」

……速やかに逃げよう。しかし、バレたらいけない。静かに漂って海藻を装うのだ。ゲームでよかった。もしも現実だったら僕がここにいることがバレてしまうんじゃないかというぐらい荒い息をしていた。

あと、同性だと情報緩くなるのか実年齢ばらしているんだな……アリスちゃんが小学生なのはなんとなくわかっていたが、桃子さん大学生だったのか。

「でもー、ネトゲ婚ってうまくいくのー？」

「ネトゲ婚だからってうまくいかないわけじゃないわよ。昔遊んでいたゲームの先輩にネトゲ婚の夫婦がいるけど、今でも仲いいわよ。それに、子供もいたわね。昔は近所に住んでいたからおしめを替えたこともあるし」

海にいるからだろうか。なぜか体が冷えたのだが。いや、ゲーム内の海水だから温度も何もないけれども。

「えっと、あの時から逆算して……今は中学生ぐらいね」

「へぇ。お兄ちゃんと同じくらいですか」

あれ？　アリスちゃんに僕の年齢って言ったっけ？

「アリス殿。村長の年齢知っているでござるか？」

「あ、あー……前にぽろっとお兄ちゃんが言っていたのを覚えていたですよ」

「まあ村長も与太話とかしながら遊ぶタイプだし、言ってそうよね」

たしかに。どこかでぽろっと言ってしまっていたか。

（危ないです……偶然とはいえ、お兄ちゃんとリアルで会ったことがあるとかバレていたらストーカー扱いされていたです……さすがのアリスも、近所に住んでいるのを知ったからって、家を調べたりとかしていないです）

でもなんでアリスちゃんは青い顔をしているのだろうか。

「恋愛かー……うーん、私は今のところ興味ないかなー」

「ディントンの好みのタイプは？」

「今はうさ耳の似合うショタっ子[※28]かなー♡」

「あんたは絶対しばらくは恋愛するな。結婚したくなったら見合いでもセッティングしてあげるから！ 少なくともその好みを即答している間は危険よ！」

「ニュースになるタイプのショタコンにはならないでくれでござる」

「リアルに手を出す人がいるからゲーム内恋愛を疑問視する声が多くなるですよ」

「いや、アンタらも同じ穴の狢（むじな）よ！ いっぺん鏡見てこい！」

みょーんさんのシャウトがこだまする。確かに、アリスちゃんも桃子さんも現在進行形でゲーム内恋愛に手を出している。しかし、みょーんさんもまた人のこと言えない側なのだ。

「いや、みょーん殿。旦那様との出会いは？」

「昔遊んでいたドラマチックワールドオンライン。ゲーム内結婚式では引退していたやつらまで復帰しての盛大な式にされて、いまだにサービス終了時の伝説的イベントとしてネットでは語り継がれているわよ参ったか！」

【※28】ショタっ子。小さい男の子のこと。主にかわいらしい容姿をしている場合に用いる

「……みょーん殿も同じ穴の狢と言ってやろうと思ったでござるが、とんでもなかったでござるな」

「です。レジェンド先輩です」

「あなたが優勝よー」

「待って、その優しい瞳はむしろ心に大ダメージだんだけど!?　いいわよ！　ログアウトしてやけ食いするから！」

そう言うと、みょーんさんは宣言通りログアウトしてしまった。

「ああ……言い過ぎたでござるな。今回の女子会はこれでお開きか」

「ですね。それじゃあ、またあとでです」

「私もちょっと休憩したらー、装備作る作業に戻るわねー」

「あ、拙者も片づけねばならぬ課題があったでござるな」

「そういえばアリスも見たい番組がそろそろだったです」

そんなこんなで彼女らがログアウトしていったが……そういえば、ゲームなんだからログアウトすればいいじゃないか。結局盗み聞きしてしまった自分に自己嫌悪しつつ、僕もログアウトするのであった。

@@@

水着イベントからも分かるように、世間的にも夏。現実側でもイベントはやってくるわけで、学校は夏休みに入った。

中学生の自分としては、それが実に楽しい。ああ、実に素晴らしい。

というわけで今日も今日とてBFO（ぶふお）日和である。

だからね、みょーんさん。見逃してくれても、いいんじゃないでしょうか？

「見逃せないのよねー、そこの生徒3人組。ワタシも人のこと言えるような中高生時代じゃなかったから、多くは言わないわ。でもね——宿題ぐらいはやりなさいよ」

「そんなの横暴でおじゃる！」

「そうでおじゃる！」

「おじゃる！」

「いいからログアウトして宿題終わらせてきなさい！　どうせイベント後半も入り浸るんだから今のうちに終わらせておきなさいよ」

「めんどうじゃ」

「狩場に人が集まる前にポイント荒稼ぎしたいんです」

「あ、アリスは計画的にやっていますよ？」

「…………ダウトね」

みょーんさんはそう言うと、アリスちゃんの頭の上に手を置いた。

「さあ、お姉さんに正直に言ってごらんなさい……ね、アリスちゃん」

「すいませんでしたです！」

即土下座。

「簡単に黙らせおったぞ」

「さすが年の功」

「何か言った？」

「いえ、何も」

「ワシのログには何もない」

「そう…………って、聞こえていたに決まっているでしょうが！　いいからログアウトして寝て起きて宿題やんなさいよ！　今何時だと思っているのよ、夜中の2時よ2時！」

「「イエスマム！」」

この後、眠ってから滅茶苦茶宿題やった。

@@@

そんなことがあり、宿題をやって力尽きた次の日。

本調子じゃないが、今日も今日とてログイン日和である。

「うぃーっす、ご機嫌いかがー？」

「本調子なわけあるかい…………小中学生より、宿題多いんじゃぞ」

「よく終わったね」

「ハハハ……1日で終わるわけないじゃろ。姐さんとは7月中に終わらせることで話をつけたんじゃ」

「姐さん怖いからね」

「誰が姐さんよ……あれ？　アリスちゃんは？」

姐さんに言われ、先ほど画面端に見えたお知らせから目的の画面を表示させる。

「アリスちゃんならメールがちょうど来たところ」

ゲーム内のメールを開くと、今日はどこまで飛べるかチャレンジするのでソロで遊んでいますという文面が書かれていた。

いや、何やっているのあの子？

「……いい感じに壊れてきたわね」

「それはいいことなんじゃろうか？」

「毒されちゃったかぁ」

「筆頭が何言っているのかしら」

「ヒデェ」

「まあ、気にしても仕方がないからの。とりあえず、この後どうするつもりじゃ？」

「そうだなぁ……ダンジョン、人来ているんだよね」

「うむ。ニー子が来ているようじゃぞ」

ああ、あの人なら来るよな。話に聞いたことがあるぐらいだが、かなりのログイン時間みたいだし。

「ソロアタックしておるようじゃからの。称号も【一匹狼】を取得したそうじゃし」

「アレ狙ってとるの大変だろうに……よくやるよ」

取得条件は一定期間他のプレイヤーと出会わないことだ。プレイヤー数が増加している今、狙って獲得するのは大変なんだけどなぁ。

「効果は認めるけど、とりたいとは思わないのにね」

ソロ限定で能力値が上がるから、場合によっては便利だけども。

「しかし、あそこのダンジョン効率が良かったんだけどなぁ」

古代兵器を一度取得したら二回目以降はパーツだったし、修復も少しだができた。【古代のアックス】の固有効果は起動中に攻撃した敵の防御力ダウン。しかもレジスト不可。

今後のボス級の敵に活躍が見込める逸品だ。

「…………もうちょっと修復できれば獅子王も倒せるんじゃないか？」

「かもしれんのう。ちょっと頑張ってみたくなった」

「そうねぇ……そうだ。あんたら、行く場所決まっていないならワタシが見つけたダンジョンに行かない？」

「いくいくー」

「やはりダンジョンか。ワシも行こう」

「アンタらのそういうノリのいいところ、ワタシ結構好きよ」

というわけで、みょーんさんセレクトのダンジョンへ行くことに。

場所はアクア王国のある島（というより、島全体でアクア王国なのだが）へ。いや、僕らの村も一応アクア王国領なんだけどね。

海底神殿ダンジョンのほうにはそこそこ人が集まっており、ダンジョンアタックに待機列ができている。

「このゲームってインスタンスダンジョンあったっけ？」

パーティーごとに別々で生成されるダンジョンのことをそう言う。まあ、ダンジョンじゃなくてもインスタンス化したマップなどがあるほうが混雑防止になったりするから、大体のオンラインゲームには存在しているんだが……。

「うーん、コロッセオはインスタンスだったわよね？」

「広大なマップを使っている上に、全プレイヤーが一つのサーバーで動いている……いや、複数連結じゃったっけ？　まあ、大陸一つを構築している関係でまだ実装できていないらしいの」

「それじゃあ混雑して当然か」

「今回のイベントも、人が密集するとどうなるかのテストの側面もあるんじゃろうな。今後のアップデートのためのデータ集めというところか」

「結局、実際に人が動かないとわからないことってあるのよね。そもそもコロッセオのあるウンエー国自体がゲーム内の追加データとかをオンラインでテストするための場所だし」

「まだコロッセオしかインスタンス化できていないってことか」

「じゃろうなぁ」

「まあとにかく、アクア王国にファストトラベルしたほうが早いわね。そういえば、ファストトラベルで行くのは久しぶりね」

「あ……」

「そういえば、あれがあったの」

パーティーを組んだ状態なので一緒にファストトラベルすることに。

もしかしてみょーんさんってまだアレとは遭遇していないんじゃないだろうか？

「よし到着。それじゃあ、さっそく――」

「しかし困ったことになった……ああ、どこかに勇敢な若者はいないものか！」

「――目の前に大司祭が!?」

「やっぱり出てくるよね。こいつ。あと大司教じゃなかったっけ？」

「まったくもう、ホントどうにかならんものか。あとその呼び名は別にどちらでもいい。姐御、こっちですぜ」

「下手に会話しようとするとクエスト受けることになるからさっさと行こう。クエスト報酬しょっぱいし」

「マジでダンジョンのついでに受けるぐらいの価値しかないからのう……少しのゴールドとマナポーションってケチな教会じゃのう」

「ああ、そういう」

連続クエストですらない、単純にダンジョンの場所がわかりますよーってのがメインのクエストである。報酬はおまけでしかない。一応メインストーリーに関係しているクエストではあるのだが、未実装クエストのフラグ扱いだから現状意味がないのに変わりはない。一刻も早いアップデートが待たれる。

さっさと大聖堂から出て、城下町を素通りして外の平原へ。

「というわけで、みょーんさん。案内よろしく」

「わかったわ。とりあえず島の中央あたりが目的地だから、そこまではダッシュで進むわよ」

「他にプレイヤーがいたらトレイン[※29]になると思うんじゃが」

平原にも牛型のモンスターやら、スライムやらいるし。

「大丈夫よ。どうせみんな海底神殿か、海岸のモンスター倒しに行っているでしょ。陸地のモンスターなんて狙っていないって」

「それもそうか」

「じゃなぁ。初心者がこのあたりにいるわけもないし、他のプレイヤーもおらんか」

アクア王国内もざっと歩いて回り、ヒルズ村民たちと情報共有した結果アクア王国本島には【はじまりの〜】系のマップはないことが分かった。初期位置にはなっていないらしい。

アクア王国領内での初期位置は炭鉱だけのようだ。今も稀に初心者の人が現れることがあるが、大陸のほうへ行くのに時間がかかるのを嫌がって作り直しているからなぁ……今後もしばらく住

【※29】トレイン。多数のモンスターを引き付けて電車ごっこのように連れ回す行為。他のプレイヤーの迷惑になる場合を指すことが多い

民は増えそうにない。

産業や特産物が増えれば使えるスキルが増えてありがたいんだけど。【炭鉱夫】と【農家】と【釣り人】のスキルは使えるようになったから、あとは他の……………そう言えば、【騎乗】スキルがあったな。おそらく【農家】のスキルだが。意外と覚えることのできるスキルが豊富なんだよね。スクロールもマーケットにあるにはあるんだけど、便利ゆえ、かなり高い値段で取引されている。自力で覚えない職業に使いたいからため込んでいる人も多いのか出回る数も少ないし。スキル取得の仕様、変えてほしいなぁ。

「…………あの牛に乗れば時間短縮できるかな？」

「なるほど――ってワシらはできないからなそれ」

「え？【騎乗】は高速移動手段の少ないこのゲームなら必須じゃない。ワタシはできるわよ」

「スクロール高いんじゃよアレ……後でもいいかと思っていたら、いつの間にか手遅れに」

「そりゃ鍛冶素材ばかり収拾していたらそうなるわよね。でも他に高速移動手段なんて……アンタ、なにやっているの？」

「アプデで追加されたボートを出しただけじゃ」

水アップデートにより、ボートなども製作可能になった。本当は海とか湖での移動手段なのだが、なぜかライオン丸さんは平原の上にそれをポンと置いた。

「あとは、わかるな？」

「わかんないわよ」

「なるほど、そういうことか」

「え、わかるの？」

「うん。ほら、みょーんさんも乗って……これってスキルなにか必要？」

「いや、ボートは大丈夫じゃ。【騎乗】は馬とか牛とか生き物限定っぽいぞ」

「そうか。なら大丈夫か……杖はある？」

「とっておきがな。ＭＰの多い姐御が使うのが一番じゃが、目的地を知っているのは姐御だけじゃし、ナビゲートを頼もうかの。操縦はワシがやるから、村長はエンジンを頼む」

「オーケー」

「待って。エンジン？　エンジンを頼むってなに？」

「なにって…………ほら、ウチのネコミミがよくやっているやつだよ」

「ルビーをふんだんにあしらった、箒型の杖【炎のおそうじロッド】じゃ」

「ああ――またその方法で移動するのね」

というわけで、ボートの先頭にみょーんさん、真ん中にライオン丸さんと僕が背中合わせに乗る。後方へ箒（アイテム交換して僕が装備した）を突き出した形で、魔法の発射準備をする。

「出発！」

「発動！」

「速すぎないコレ!?」

あっという間に平原を駆け抜けて……飛んでいく。ちょっと浮いちゃっているけど、コレ。ライオン丸さんがオールで方向を調整しているおかげで何とかなっているが、コントロールを失うとぶつかるかもな。

「案内頼むぞー！　方向を教えてくれ」

「まってまってまってまって!?　森よ、森の中なのよ!?」

「なんじゃと――アイキャンフライ！」

「なるほど、上空から襲撃するわけだな」

「こいつら誘わなければよかった――」

ちなみに、海底神殿ダンジョンに挑戦しようと待機している人たちからもこの光景は見えていたらしく、謎の空飛ぶボートの噂が掲示板をにぎわせることになったのだが……たぶん例の村の連中の一言で話は片付いた。

@@@

「もうちょっと頑丈なボートと、エンジン役を複数人揃えれば海を渡って大陸まであっという間に行けるかもしれんの」

「だね」

「アンタら……少しは反省しなさいよ。死ぬかと思ったわよ」

森の上をジェット噴射で突き進むことで、目的地へはあっという間に到着した。【ランナー】

の称号効果もあったからＭＰ消費が少なくなっていたこともあり、なんとかなったわけである。箒に炎魔法のＭＰ消費率低下も付いていたからね。

「でも、ボートが壊れちゃったなぁ」

「むしろこいつがなかったらワシらが直接地面にビターンじゃったからの。まあ、ボートはまだいくつかあるから帰りは大丈夫じゃが。圧倒的壊れ性能な移動スピードを実現できたしのう」

「帰りは遠慮するわ……」

みょーんさんがげんなりとした顔でそう言い、森の中央を通り、木々のない場所から洞窟の入り口へと案内する。こんな場所よく見つけたものだ。

「森も結構進んだ場所じゃし、目印もないのによく見つけたの」

「クエストの素材集めをしていたらたまたまね。マップも島のちょうど真ん中だから覚えやすかったし」

「ダンジョンの中ってどうなっているの？」

「地底湖につながっているわ……厳密には、地底湖の中がダンジョンになっているの」

それも水中ダンジョン。３次元的に入り組んだ、非常に迷いやすい構造らしい。

「マップもわかりにくいから、はぐれないようにね」

「まともなダンジョン攻略、はじめてかも」

「そうじゃの………海底神殿はダンジョンというくせに一本道じゃったし、鉱山も迷うほどではなかったしのう。敵も作業のように蹂躙（じゅうりん）しておったし」

「あんたらね……どういうプレイスタイルなのよ」

「ＲＰＧという名の村づくり？」

「なんちゃってロールプレイ」

「もういいわ。あんたらに聞いたワタシがバカだった」

心外である。望んでこんなプレイスタイルになったわけじゃないのに。

成り行きでこうなっただけなのに。

「楽しんでいたら同じことよ！」

「あ、やっぱり？」

「そうじゃよなぁ」

無駄話も程々に、ダンジョンへと続く洞窟へ入る。道は狭いが普通に歩けるぐらいの広さで、先へ進んでいくごとに広がっていき、やがて青く輝く地底湖が見えてきた。

「あれが目的のダンジョンの入り口、【輝きの地底湖】よ」

「うーん、ファンタジー」

「じゃのぉ…………今まで世紀末な戦いしておったからな」

「爆殺の何が悪いのか――あれ？　水の中って爆弾使えたっけ？」

「使えないこともないけど、威力が大分落ちたような」

「――――なんてことをしてくれやがるんだ運営」

地面を殴りつけて、不満を言う。

「ヒャッハーができないんじゃな」

「たまにワタシもやるけど、別にいいじゃないのよ。たまには他の攻撃方法を試してみなさいな」

「それもそうか――じゃあ、装備変えるね」

というわけで、武器チェンジ。スコップは使うが、ナックルは装備しない。なお、箒は既に返却済み。

さあ、これがこの前作った僕の新装備――【魔人のタモ＋5】だ！

「…………え？　カテゴリ、何それ？　虫取り網？」

「タモ」

「タモはタモじゃよ。【釣り人】のメインウェポン」

スコップと同様、複数のカテゴリに対応しており、スキルが色々使える。エルダー（海）の素材を使って作ったのがこの武器で、水棲系モンスターにダメージボーナスが入る。ただ、抵抗力が落ちるんだが……魔法攻撃は食らわないようにしないと。

使用可能スキルは杖と槍、あと、ハンマー。物理攻撃力は弱いので、用途は杖と同じだが。

「時々、このゲームの方向性がわからなくなるわね」

今更の話なんだよなー。

変な装備やスキルがあるのはワザとだろうけど。

ではダンジョンへ突入しよう。

地底湖に飛び込むと、体がふわふわと浮くような感覚と共に前へと進んでいく。ダンジョンの入り口まで、自動的に運ばれるようだ。

「体の自由が、きかない!?」

「ワシの体が勝手に動くぅ」

「海底神殿に入る時も似たようなものだったって聞いているわよ。しらじらしい……はい、到着」

「よし、動くぞ。僕の体は僕のものだ」

「データ的には運営のものよ」

「そういう夢も希望もないこと言うー」

「そんなんじゃ結婚できないぞ、姐御」

「もう結婚しているわよ」

みょーんさんはそう言うと、指パッチンを行った。そして、指先から閃光が走り、轟音と共にライオン丸さんが吹き飛ばされた……あまりにも自然な動作で行われたので、一切反応できなかったのだが。

「なんじゃぁ!?」

「最近、転職してね。今のワタシは【祈禱師】よ。ポーション作成と、天候系の魔法に秀でたジョブね」

「へ、へぇ……」

「あと、【魔法使い】の上位職だから引き続き覚えたスキルは使えるわ」

天候系。つまり雷を使ったと…………さらに今までの魔法も使えるのか。

ヒルズ村でまっとうな意味で強いのはこの人なのだ。ＲＰＧにおけるまっとう……レベルが高くて、ゲーム内の情報を多く知っている。そういう人は純粋に強い。

正直な話、ヒルズ村の住民は裏技的なやり方をする奴らばかりだからなぁ…………和風コンビも最近ヤバい技開発したらしいし。

「というわけで、女性に失礼なこと言うものじゃないわよ、ヒゲ」

「ふ、深く反省いたします…………この雷、味方にも当たるんじゃな」

一部スキルのみ、フレンドリーファイア[※30]が存在するのが、このゲームです。爆発とか、延焼とか。

「あら？　驚かすつもりだっただけなんだけど……味方にも当たるのね、これ」

「っていうか水中なのに狙ったところにピンポイントで当たるだけなのか」

まあ、水中でも普通に会話できるし呼吸も問題ないんですけどね。

「でも慣れないと水の中を移動するって大変だな」

「海底神殿への道のりは楽じゃったからなぁ……敵も出んかったからな」

「そういえば、なんで水中で並んでいなかったのかと思っていたのよ——いや、並ばないわね。これ。落ち着かないし」

同じ場所に漂うだけでも結構面倒なのだ。水中は常に漂っているような状態で、じっとしてい

【※30】フレンドリーファイア。味方へダメージを与えてしまうこと。FFと略すこともある

ると勝手に体が流されそうになる。

　ダンジョンの待機列を海中に作らなかったのも納得だ。

「そういえば、なんであの海底神殿には空気があったんだろう。入り口も膜かなにかで水が中に入らないようになっていたし」

「答え、ファンタジーだからよ」

　そんな身もふたもない。

「……それでいいんかの」

「いいのよ。こういうゲームでそういうところツッコミ入れるほうが無粋なんだから」

　みょーんさんはそう言うと、ふぅと息を吐いて持論を続ける。

「もちろんそういう設定をちゃんと考えていて、設定資料を出したりするゲームもあるわ。でもね、それって当たり前のことじゃないのよ。すべてを語る必要なんてない。自分で触れて、想像して、楽しむ。それがRPGってものでしょうが」

「なるほどのう……」

「理由がなければ納得できない、ってのもわかるんだけどねー。でもやっぱり、自分で考えるって大切なことなのよ」

「設定資料とか好きな人も多いんじゃがな」

「それは分かっているわよ。なんならワタシも好きよ——でも色々と知った状態で遊ぶってそれ、ネタバレ食らった状態で遊んでも面白いのかって話だから。だから、運営には2年後ぐらいに設定資料出してほしいの」

「結局欲しいんじゃないですか」

「気持ちはわかる。裏設定とか気になってくる頃合いじゃな」

「そして本棚の一角が設定資料集で埋まるわ」

そういうものかなぁ…………まあそもそも、僕はストーリークエストの類はほとんどやっていないから設定もなにもあったものじゃないんだけどね。いまだになんでプレイヤーがこの世界で冒険しているのかも知らない。

大陸に行けそうな方法も見つかったことだし、ストーリークエストを進めてみるのもいいかもな……イベント後に。あ、でも大陸側に周回に良さそうな場所があるかもしれないか……アリスちゃんもまだ行っていないし、教会のファストトラベル解放だけでも一緒にやっておくべきだろうか？　なんだかんだで一緒に行動することも増えたから、同じファストトラベル先を解放しておいたほうが便利だ。

そういえば、今何をしているのか……あれ？　アリスちゃんからメールが来ている。

「どうしたのじゃ？」

「なんか、アリスちゃんからメールが…………件名、侵入者を捕獲しましたって」

「何よ侵入者って」

「スクショが貼ってある——ぶふっ」

「なんじゃいきなり。なにか面白い写真でも——ぶふっ」

「なによ。なんなの――ぶふっ」

送られてきたスクショに写っていたのは、南国の孤島に住んでいる部族がかぶっているような仮面をつけたアリスちゃんと、ディントンさん、よぐそとさん、桃子さんの4人が何かを囲って踊っている姿だった。課金アイテムのエフェクトアイテムである、カラフルな音符をわざわざ浮かべて……こういう類のものを使うのはディントンさんだな。何やっているんだあの人。

そして、その焼かれている何かだが……豚の丸焼きみたいな格好になった露出度の高い女性プレイヤー（おそらく踊り子の類）だ。その女性が涙目で何か叫んでいるようにも見えるが、スクショだから何が何やら。

「っていうか、誰が撮ったんだこれ」

「この場にいないめっちゃ色々さんじゃと思うが……」

「まだタイマー機能やカメラ位置を離れた場所にする機能はないし、フレンドリストも村人全員ログイン状態ね。なら彼でしょう」

自撮り勢も多いから、そのあたり早いところアプデしてほしいものである。ｂｙ自撮り勢。

「っていうかどういう経緯でこんなことに」

僕はあずかり知らぬことであったが、この時掲示板ではこんなやり取りがされていた。

【あの人は今】有名人を語るスレ28【衝撃の事実】

200.カーニバル

アタイは今、例の村に潜入している
もしかしたら明日にはアタイはいなくなっているかもしれない。だが、アタイは諦めない
さあ、暴いてやるぜ（集中線）

201.名無しの剣士

なにしてんですか

202.名無しの錬金術師

たまにこのスレ見に来るけど、よくわからないことになっているなぁ

203.名無しの重戦士

有名人について語り合うスレが、有名人の今日の行動を語るスレになっているからな
あと、松村の目撃情報について

204.名無しの釣り人

松村のことは言わない約束っすよ
それはそれとして、溶岩の中にも魚はいないのかなと釣りに行ってみたんすけど、火山の火口で踊っていたのを見かけたっす

205.名無しの盗賊

どっちも理解できないんだが行動が

206.カーニバル

そんなダンシングマンのことは忘れてダンシングガールであるアタイの話を聞いてほしい
偶然にもアクア王国へ進出したアタイだったが、そこでとんでもないものを見つけちまったんだよ
そう、炭鉱夫さんのいる島へ続く橋さ

207.名無しの狩人

とっくに知られているんだよなぁ……イベントポイント稼げるモンスターあまりいないから誰も行かないだけなんだけど

208.名無しの剣士

開始1カ月目から遊んでいる連中のほとんどはアクア王国へ行く方法見つけているよ
遠目にあの人たちも確認しているよ……当たり前のように空を飛んでいる女の子を見て近寄らないほうがいいと思ったが

209.名無しのサムライ

当たり前のように大砲で移動したりするからね。試してみたけど股がヒュンってなる

210.名無しのネクロマンサー

村側には特に珍しい敵もいないし、鉱山内にも無機物系ばかりだから楽しくない

211.名無しの剣士

そりゃあんたはそうだろうけど

212.カーニバル

そんなことより今、潜入中のアタイの話だ

ピンク色の影が海のほうへ飛んでいったのを見計らい、村に潜入する。なにやら水着にマフラーを着た男と、縞々の水着を着たドワーフと、装飾の多い水着を着た女性が話し合っているのが見える

213.名無しの踊り子

ピンク色が桃色の悪魔

水着マフラーが村長（炭鉱夫さん）

ドワーフが鍛冶師

女性はたぶん、魔女さんって呼ばれている人

214.名無しの鍛冶師

例のスレ、もう相談事がないのだろうか

215.名無しの盗賊

村長が変な実況スレやっていたけど

216.名無しの鍛冶師

あの話はするな

217.名無しの重戦士

気持ち悪かったからな、アレ

おかげで周回しに行ける連中はアクア王国に乗り込んだし

俺はちょっと無理だわ、あのビジュアル

218.カーニバル

あんな触手が他にもいるとかなんとか
そんなことより、後をつける——のはさすがにやり過ぎなので彼らが村からいなくなったのを見計らって中に潜入した
どうやら、ファストトラベルでどこかに行ったらしい

219.名無しの祈禱師
村長って、アクア王国以外に目撃情報あったっけ？

220.名無しの探偵
無い

221.名無しの釣り人
探偵の証言なら間違いないっすね

222.名無しの剣士
じゃあアクア王国に行ったのか……クエストか？　それともダンジョン周回？

223.名無しの演奏家
人が集まりだしてから来ていないな。そもそもここ数日はログインしていたのかも怪しいレベル

224.カーニバル
とりあえずヒルズ村の教会でファストトラベル登録をしておく
見た感じ普通の村。畑にはたくさんの……綿花ばかりなんだが

225.名無しの戦士

ロリ巨乳さんことシザーウーマンの畑だなw
製作プレイヤーの間じゃそこそこ有名
あと村の名前はいつ聞いても笑うんだが

226.名無しの狩人
前にお世話になったことがある
あの人の作る防具、デザイン凝っているし

227.名無しの剣士
デザイン重視って、性能はどうなっているんだ……

228.名無しの狩人
使う素材とかで変動。デザインは自分で色々といじれるけど、性能自体はシステム側で決定される。狙っていけるけどね。水棲系モンスターの素材で水耐性とか
時間かかるし、面倒だからそのあたりいじる人少数だけど

229.カーニバル
なんか、アクア王国のほうでボートが飛んでいるんだが……え、なにあれ

230.名無しの武闘家
ちょうど海底神殿に挑もうと待機していたら見えたw
なんだあれw

231.名無しの剣士
怪奇、空を飛ぶボート

232.カーニバル

なんか怖いのでスルーします

村の中を見た感じ……他には変わったところはない

スレ見ていた感じ、変わり者だらけだったから村も変な飾りつけされているのかと思ったら特にそんなことなかった

さすがに家の中に入るわけにもいかないので今日はもう帰る

233.名無しの探偵

そもそも人のプライベートを明かすのはよくないからね、そうしたほうがいいだろう

234.名無しの怪盗

どの口が言ってんだよ

235.名無しの釣り人

あんたが言えたことじゃないっすよ探偵

236.名無しの舞妓

ちょっと、おだまり

237.名無しの探偵

(´・ω・`)

238.カーニバル

緊急事態。ネコミミに見つかった。いや、アタイもネコミミなんだけど

逃げ出そうとした瞬間、ロリ巨乳とサムライとくノ一と、あとメガネかけたエルフが現れた

239.名無しの剣士
勢ぞろい

240.名無しの怪盗
約3名別のところに行っているけどな

241.カーニバル
クールだ。クールになるのだ
アタイはやればできる子。この状況をスマートに切り抜ける方法を見つけ出せるはず

242.名無しの盗賊
やっていることは村を見て回っているだけだったから、別にちょっと気になって……とでも言っておけばいいのでは？

243.名無しの剣士
覗いていたようなものだけど、まあそれが正解か

244.カーニバル
アタイはあんたたちの大事なものを盗みました――そう、村長の心です

245.名無しの盗賊
あんた何言ってるんだ!?

246.名無しの狩人
音声入力だったのかw
っていうか、それ禁句じゃないかな…………

247.カーニバル

ごめんなさい！　冗談だったんです！　冗談だったので許していただきたいんですが！

248.カーニバル

ただちょっと、どんな村なのかなぁって見に来ただけなんですぅ！

あ、そうだ！　PVPで勝ったら見逃してください！　アタイが負けたら煮るなり焼くなり好きにしてください！

249.名無しの探偵

――自ら墓穴を掘りに行った、だと

250.名無しの釣り人

なんでそんなこと言い出したんすか

251.名無しの舞妓

ええ……どうしてそんな行動をとったん？

252.名無しの怪盗

タイマンで勝てる光景が浮かばない人がいるんだが

253.カーニバル

負けましたー…………一瞬で投げ飛ばされて関節決めるとかどうすればいいの

254.名無しの釣り人

なんだと!?　消し飛ばすのがアイツのやり方ではなかったっすか!?

255.名無しの探偵

思いのほか冷静だったようだ
って、ゲームで関節外す技とかどうやったのだ!?

256.名無しの剣士

そこまで怖くないのか？
まってw　冷静に考えたら関節外しはおかしいw　できるの？

257.カーニバル

まって？　煮るなり焼くなり好きにしていいとは言ったけど豚の丸焼きみたいな格好はやめて！　まって、後ろの皆さんもなんで笑いながら手伝っているんですか？　え、綿花泥棒？　まって盗んでいないから！　そもそもシステム的に入れないでしょ！　まって、悪ノリしないでまってぇ！

258.カーニバル

その仮面はなに？　何かの儀式？　ちょ、なんで踊り出すの!?

259.名無しの盗賊

これ、反応が面白いから遊んでいるだけだ……

260.カーニバル

なんでアイテムいっぱい持たせて来るの？　え、お土産？　え、何？　何なの!?

ちょ、こんなにもらえない。さすがに悪ノリし過ぎたって——まって、さすがにこの量はこっちが困る——ああああああ手が勝手に受け取っちゃうぅううう!?

261.名無しの探偵
何が起こったのかわからないんだが

262.名無しの怪盗
探偵が、匙を投げた!?

263.名無しの魔法剣士
検証班、関節外しの件は頑張って

264.名無しの遊び人
さらっとこっちの知らない技術使うのは何なのか
まあ、検証はしてみるんですけどね

＠＠＠

３人でダンジョンを突き進むが、魚型の敵も思ったほど強くはないしエルダー（海）から手に入った『チャージビーム』のおかげで遠距離攻撃も楽々である。これ、水の中でも挙動が変わらないから便利だわ。周回したおかげで全員覚えることができたし。

たまには欲望に身を任せるのもいい結果を生む。なお、いつも欲望に身を任せている件については全力で目を逸らす。

「遠距離攻撃、便利じゃの……」

「だよねぇ」

「そのスキル、職業的にはどれに対応なのよ」

「自力じゃ覚えないんですよねー」

「モンスタードロップ限定じゃな」

「そんなのもあったのか……」

威力はそこまで高くないが、使い勝手がいい。無属性魔法によるビーム攻撃で速度も速い。ちょっとタメがいるのが難点だが。

「出てくるモンスターを倒すだけでもポイントは稼げておるが、ボス部屋まで時間がかかりそうじゃの。これはハズレではないじゃろうか？」

「そうねぇ…………失敗したかなぁ」

「他に近くにダンジョンってあったっけ？」

「海底神殿」

「混んでいるところ以外で」

「心当たりはないのう。ここもかなり広いようじゃからな……ルートを覚えても周回は大変じゃぞ。狭いから高速移動も難しいし」

「水中の高速移動って、何を使うつもりよ。炎魔法でのジェット移動は難しいわよ？」

「そんな時こそメニュー画面からＢＢＳ[※31]じゃよ。ほら、この『抜け道を探すスレ』シリーズが役に立つ」

今彼らの間でホットな話題は、プレイヤーの関節外しはどうやったらできるのか？　だ。いや、できたとしても使い道ほとんどないと思うんだけど。誰だそんなことやりだしたのは。

「それ裏技とかバグ技を探している連中のスレでしょうが……あとで修正食らったり、意図的にバグ技使うとアカウント停止食らうからやめなさい。正直、アンタらの使ったボート移動とかもアウトじゃないかと思っているんだけど」

「アレは大丈夫だよ」

「アリス嬢ちゃんが使い続けて何も言われていないんじゃから、反動移動は平気じゃろ」

使いこなすのに技術いるし。

というか、戦闘に使えるようなプレイヤーはほとんどいないだろう。あとは移動に使っている

【※31】BBS。掲示板のこと。BFOはメニュー画面でBBSと表示されている

人がいるぐらいだが。

それにバグ技と言っても、アカウント停止になるようなのってアイテム増殖バグとか内部データを書き換える系のバグだよ。

「そもそもマップが広いのに高速移動手段が少なすぎるんじゃ！」

「そうだそうだ！　運営の怠慢だ！」

「いや、わかるけど……世界観が世紀末になる前に運営と開発が対応するのに期待するしかないわね。ヒャッハーだらけになってしまうわ」

「モヒカンに肩パッド裸族が増えるのかぁ……胸が熱くなるな」

「いやな世界ねぇ」

そんな感じの話を何度繰り返しただろう。

ゴツゴツしている水路が、だんだんとコンクリートのような感じに変わってきた。人工物的な見た目になっていく。これは、もしかするとボス部屋が近いのではないだろうか？

「これきたんじゃないの？」

「そうじゃな。いよいよボス部屋って感じじゃな……ドロップ品が良くなければ周回しないじゃろうが」

「良ければするのね」

「「もちろん」」

この前もそうだったからね。

あの見た目だったから周回するつもりはなかったけど、高効率でポイント排出量が多かったから……物欲には勝てなかったのである。

しかし……もしかしてボス部屋も水でいっぱいなの？

「ここまで狭かった上に、遠距離攻撃で蹴散らしていたからまともな水中戦闘のやり方がわからないんだが」

「同じく。練習はしているんだけど、どうにも慣れなくて」

「……ああ、はいはい。アタシがメインで動くからアンタらは援護お願いね」

「「了解、姐御」」

「誰が姐御よ」

そんなわけでボス部屋の前まで到着――水路が直角に曲がっており、下のほうへ落ちていく形だ。ボスの姿は……見えないな。ここは見て対策をとることができないようだ。

「ここまでの敵のレベルってどれぐらいだっけか？」

「ワシらより少し低いくらいじゃな」

となると、35前後ぐらいか？　この前の周回で僕らのレベルも上がったし。

「弱点は雷なんだけど……何か雷系のスキル使える？」

「エンチャントだけ。他のは水中だと半減しかねない」

「ワシは覚えておらん。っていうかそもそもほとんど魔法系のスキル使えんぞ」

「近接が難しかったら、【チャージビーム】だけ撃っておきなさい」

「それしかないか。じゃあ、突入！」

「おっしゃぁ！」

下へ下へと落ちていく。水の流れに身を任せ、ゆっくりとボス部屋へと降り立った。

円形のフィールド――じゃない。ここは球体のフィールドだった。壁はなんというか、人工物っぽいがのっぺりとした印象を受ける。

「何かの入れ物の、内側みたい感じ？」

「そうね。そんな感じよね……水を入れるタンクとか、そんな感じの」

「ボスは見当たらないようじゃが――いや、中央に何かおるぞ」

淡く光る球と、それを取り囲むようにして紫色のジェル状のナニカが漂っていた。

ブクブクと泡を出し、ジェルの形が――人型へと変わっていった。

そして、頭上にはＨＰバーと名前が……『エルダー（水）』か。

「またかよ⁉」

「今度は古代兵器持っていないんじゃな」

「話には聞いていたけど、確かに不気味な外見ね」

「いや、（海）よりは全然マシ」

「人型スライムじゃからな。怖いとかは特には……」

そして、奴は僕たちに手のひらを向けるとそこから泡が僕らのほうへ――って、緊急回避！

「うぉおお！　絶対魔法攻撃だよねこれ！」

「エルダーってことは弱点属性はないんじゃろ。よし、ガンガン攻撃するぞ！」

「炎は使い勝手悪くなるからそれ以外でねー」

「待って！　タモのせいで魔法に弱いの！　紙耐久[※32]のうえ魔法も食らうとアウトなの！　ガラスのボディなの！　一瞬で砕けちゃうの！」

「がんばれ！」

「骨は拾ってあげるわよ」

「骨も残らないだろゲームなんだから！　せめて蘇生プリーズ！」

結構速い泡の魔法を躱（かわ）し、【チャージビーム】で狙撃する。軟体だから物理攻撃の効果は低そうなのでとにかく魔法でダメージを与えていく。スコップとタモの二刀流で交互にチャージして放ってるからそこそこ効率が良い。

リキャストは共通なのだが、チャージに関しては武器ごとの判定だからスキルによっては連発可能なのが便利。

魔法攻撃力の低いライオン丸さんは時折物理攻撃も交えているが、苦い表情を浮かべていた。

「見た目通り効果が低いのう」

「撃って撃って撃ちまくるのよ！」

「ＭＰ持つのかなこれ――――そうだ、ドリルから魔法撃つとどうなるのか試したことなかったな」

おもむろにスコップを構えると、みょーんさんが胡乱（うろん）げな瞳で注意してきた。


【※32】紙耐久。すごく低い防御力のこと

「フレンドリーファイアの恐れがあるんだからまた今度にしなさい」

「はーい」

「恐ろしいことを考えやがる」

チャンスがあれば防御貫通の近接攻撃にしておくか。

それか、またカウンター……あれもタイミングがシビアだし、もっと練習してからにしよう。

とりあえずはパターンが変わるまでひたすら攻撃するしかないなぁ。

「………流れ作業だなこれ」

動きを読んで攻撃をかわし、タイミングを合わせて攻撃をするが……第1形態だからか読みやすいため、早くもこちらの攻撃がパターン化してしまう。

「言うな。（海）よりは戦いやすいが、飽きそうじゃなこれ」

「どのくらいでパターン変わるの？」

「最初のＨＰバーがなくなったらじゃな」

「1本目がそろそろ削りきれるから――よし、変わるぞ！」

エルダーはまるでハッスルするような動きで腕を動かし、顔を前に突き出して咆哮する。いや、音は聞こえないんだけど、まるでそんな感じの動きだ。

光の球が淡く変色し、エルダーの両腕が黒くなった。

そして、手を前に出すと――棘のような形になり、伸びて突き刺そうとしてくる。

「あぶなっ!?」

「ワシはダメージ食らったんじゃが……む、それほどでもない」

「今度は物理攻撃ね…………壁役よろしく！」

「はいはい。わかっておりますじゃよ」

「動きはさっきよりも速いな」

壁を蹴り、攻撃をかわす。引き続き魔法攻撃で削っていくが……防御能力自体はそのままか。

一番ダメージ量を稼いでいるのはみょーんさんだな。っていうか火力エグイ。物理防御が低いからライオン丸さんがそこをカバーしている。

「そろそろパターン変化、っていうか形態変化するぞー」

「このエルダー、結構弱いんじゃな」

「楽でいいけどね」

残りＨＰバーが１本。エルダーの姿が球体へ変化した。やはり、人型から球体に変わるのか。よりスライムっぽくなったな……球体に光が集まり――って、またそのビームかよ。

「【チャージビーム】ならそこまで怖くはないわね」

「みょーんさん、撃ってきたら全力でかわしてね」

「球体エルダーのビームは即死じゃぞ」

集中力切れてきた状態で戦うと、事故死するぐらいには危険です。

「早く言いなさいよ！」

慌ててみょーんさんが躱(かわ)す。そう、ビームはヘイト値[※33]が一番高い人に撃つのだ。つまり、一番

【※33】ヘイト値。モンスターとの敵対度。多くのダメージを与えるなどの行動で増える。モンスターのプレイヤーに対する攻撃優先度に影響する

ダメージを多く与えていた彼女が狙われる。

とりあえず僕はドリルを展開し、構える。

「防御貫通、ロポンギー、いっきまーす！」

「スタン入れるぞー」

「当たるかと思ったんだけど——あ、念のため魔法準備しておくわね」

ドリルを構え、壁を蹴って奴へぶつかっていく。スキルは槍スキルの【突撃】で。挙動はその名の通り、武器を構えて突撃するだけ。

ライオン丸さんの攻撃で少しだけエルダーの動きが止まり、僕の攻撃がヒットした。だが、それでもまだ倒れない。

「削りきれなかったか」

「大丈夫——雷魔法奥義『ファイナルサンダー』！」

「奥義スキルで決めるとかカッコいいんだけど」

「魅せプレイとか狙っておったな。きたない。さすが魔女、きたない」

「偶然なんだけど！」

そして、エルダーのＨＰが消し飛びポリゴン片となって奴の姿が消えた。

リザルト画面とドロップ品が表示されるが…………うーん。

「ドロップはどう？」

「セラミックがあるんじゃが」

「……………なんで？」

「壁の材質、じゃないかの」

だとしても詳しい材料はなんだよ。セラミックだとしても色々あるだろうに。

「セラミックはセラミックじゃよ。それ以外の何物でもない」

「ええぇ……僕のほうはアクセサリーだな。魔法攻撃力＋１の」

「ゴミじゃな」

ハズレひいちゃったよな、コレ。せめて素材のほうが使い道あった。特に出なかったけど。

「みょーんさんはどうでした？」

「あーうん……ドロップ品はそれほどでもない。トドメ刺したからボーナス枠は……水着？」

メニュー画面を僕たちに見えるように表示させると、そこに書かれていたのは……【水のドレス】か。種別は上半身防具で、下半身は水着限定になる制限がかかる。

なおかつ、女性限定か……実際に着てもらわないと見た目がよくわかんないな。

「みょーんさん、着てみれば？」

「いやぁ……これは勇気いるわね」

「水の魔女、って感じでいいんじゃないかの？」

「じゃあとりあえず……あら？　思ったより露出が少ないのね」

「ホントだ」

「子供も多いからの。あまり過激にならないようにしておるんじゃろ」

青色のドレスだが……表面が水面のようになっている。なんだろう、ファンタジーな服初めて見たかもしれない。

「効果もいいし、アリね。まあ、強化の手間があるけど」

「それは良かったの──周回、するか？」

「やめておこう。男性用は互換性能のものが出るだろうけど、手に入れても使うか微妙」

正直今のレベル帯の装備ならダンジョンドロップ品もプレイヤーメイド品も性能に大差ない。だったら強化済みのこの水着マフラーのほうが有用である。

「そうじゃな……ポイントもあまり手に入らんかったし」

エルダー（海）の半分程度か。ダンジョンの面倒さと比べると、周回には向かないな。海底神殿は行き来も簡単だし。

「ああ……ホントね。うまみ少ない……それじゃあ解散で」

ダンジョンを攻略したので、ポータルが出現している。その中に入ると、あっという間に入り口の地底湖前まで戻った。

さてと………攻略も終わったし、帰るか。

「ボートよし！」

「箒よし！」

「あ、ワタシは素材集めとかもあるからテレポートで失礼するわねー」

そう言うとみょーんさんはキラキラしたエフェクトと共に消えていった……課金アイテムのテ

レポートストーンか何かだな、アレ。好きな場所からファストトラベル地点に飛べるやつ。

おのれ、社会人め。

「逃げたか」

「そうじゃな……仕方がない。二人でやるぞ」

「おうよ！」

再びボートで飛翔(ひしょう)する僕たち。

こうして、空飛ぶボートの噂はより強固なものとなったのである。

幕間　アリスの挑戦

「ついに私も奥義スキルを習得しましたよ」

「へぇ、良かったですね」

アリスです。お兄ちゃんが今日は用事で遊べないと言っていたので、寂しいとです。いや、別行動は結構ありますけど、最初から会えないのも辛いとです。今日はログインボーナスを受け取りに来ていたので、もう明日にならないと会えません。

アリスです。めっちゃ色々さんが奥義を覚えたそうです。これで村のみんなは全員奥義を覚えたとです。

アリスです……アリスです。アリスです。

「……なんでそんなに興味なさそうなんですか」

「逆にどう話せというのです……色々さんってアリスのお父さんぐらいの歳なんですよ？」

「な、なにを根拠に」

「30代ですよね？　その時点で一回り以上は離れているです」

干支（えと）がぐるっとしているですよ。

「――――そうか、私も歳を取りましたね」

他の皆さんも各々したいことをしているので、今村にいるのはアリスと色々さんだけです。なぜか二人並んで釣り糸を垂らしているのです。

まあ、釣りでもイベントポイントが入るのでいいですが。

「公式サイトのほうにさらっと書かれていたので見逃していましたが、釣りでも結構いいポイント稼ぎになりますね」

「です」

「…………暇ですね」

「ならダンジョンにでも行けばいいじゃないかです」

「いや、人で混んでいますしソロにはキツイですよ」

「野良でも組めばいいのです」

「はっはっは…………ゲームにまでリアルな人付き合い求めてないんですよ。VRなんでキーボードでチャット打ち込むわけじゃないですし、実際に喋らないといけないわけで……こういう時、昔のオンラインゲームは良かったなぁって思うんですよね。無言での周回が気まずいのなんの」

「ならなんでVRMMOで遊んでいるですか」

いくらオンラインゲームだからって、リアルな人付き合いが嫌ならそもそも遊ばないと思うのです。据え置きのほうをお勧めするですよ。むしろパソコンってお金かかるですし、特にこだわりとかなく、マニアックなところを遊ばないなら断然そっちです。

まあ、現状据え置き機で遊べるフルダイブ系VRはほとんどないですけどね。

「それはそうなんですけどね。いや、ほら——冒険って、憧れますよね」

「言いたいことは分かるです。でも、オンラインじゃないタイトルだってあるじゃないですか。フルダイブじゃないタイトルだっていいものいっぱいあるですよ」

「…………生の声が、聴きたいんですよ。一人で冒険しているのではなく、会話をしたいわけではないけど、そこで見知らぬ誰かも同じゲームをしている。その感覚が欲しいのです」

「矛盾しているような……」

「たしかに……でも、人の考えってそういうものですよ」

「アリスにはよくわからないです」

「いつかわかりますよ。好きなのに、嫌だと思う。嫌なことなのに、いざそれがなくなると寂しい。生きていると、そんなことばかりですよ」

その横顔は、何となく寂しそうな感じでした。

めっちゃ色々さんにも悩みとか、そういうものがあって当たり前です。お父さんと普段あまり会話できていなかったからでしょうか、なんとなくその悩みを聞いてみたくなりました。

「なにか、悩んでいるのならアリスに話してみればいいのです」

「悩み、と言われても」

「何もなければ、アリスに向かってそんな寂しそうな顔をしませんです」

「……いえ、まだ君には早い話です。できれば一生知らなくていいことなんですよ」

「でも、言わなければ何も変わりませんよ」

「本当に、世の中には知らないほうがいいこともあるんです」

そう言った、色々さんの顔は悲痛なような……でもうれしいような複雑な顔でした。

「それも、矛盾した話なのですか？」

「ええ――嫌だと思っている。でも、うれしいと思う自分もいるんです」

「…………わかりました。もう聞かないです。でも、少し遊んで気晴らしするです」

「ええ、そうですね――」

釣りも飽きたですし、イベントポイントで交換したアイテムを使いましょう。さっそく準備をしようと移動したことで、めっちゃ色々さんはぽろっと言ってしまいました。アリスに聞こえていないと思ったようですが、ごめんですけど聞こえてしまったです。

「さすがに言えませんよね……恋人が私をモデルにしたBL同人を書いているのを知ってしまったなんて。他の男を使っていなかったことがうれしいけど、やっぱりそういうもののモデルにされるのはなぁって複雑な心境だなんて……あの子に言うには早すぎますよ」

ああ、そういう……いえ、アリスそっち方面も理解あるですよ？　サブカルチャーの類はいろいろと触れているですし。共感はしないですが。正直アリスの趣味ではないです。

「……頑張ってくださいです」

「なんですかその優しい微笑みは!?　え、聞こえていました？　憐れみられました!?」

【後半戦】イベント座談会・夏の陣4【はっじまるよー】

44.名無しのテイマー
スレタイの後半戦は間違ってないか？
前半の後半が始まるんだろうが

45.名無しの大名
そうは言うても、他に書きようがなかったんや
あんまり長すぎてもいかんし

46.名無しの探偵
せやかて案件ですぞ

47.名無しの探偵
せやかて

48.名無しの探偵
せやかて

49.名無しの大名
ワイが書き込むたびに職業をわざわざ変えて書き込むのやめーや
っていうかいつの間にか【探偵】が増えていやがるw

50.名無しの怪盗
なぜ、【怪盗】は一人も増えないのか

51.名無しの剣士

そりゃあんた、現在わかっているジョブの中で最もマゾプレイ要求されるようなの誰もなりたがらないって

52.名無しの怪盗

強いのにねー

53.名無しの重戦士

知っている。でも自分が使いたいかは別

あと、スレチ[※34]だから職業相談スレで語ってどうぞ

54.名無しの怪盗

そうするわ

55.名無しの盗賊

大名さんがまだいたら聞きたいんだけど、フィールドマスター系で次のイベントに何かあるって本当？

【農家】でクエスト進めていたら【村長】の転職フラグ立てたから聞きたいんだけど

56.名無しの剣士

そういえばそんな噂があったな

57.名無しの釣り人

そんな話あったんだ

58.名無しの大名

ノーコメント……ってこれだと語るも同然やな

【※34】スレチ。スレッド違いの略。掲示板のトークテーマとは違う話題がメインになった場合に指摘する言葉

簡潔に言えばある。ただ、今転職してもたぶん間に合わんよ
フィールドマスター系、早い者勝ちみたいなところあるし、転職する分にはいいんでないかな

59.名無しの盗賊
そうか、イベントには間に合わない感じか
まあ、とりあえず転職だけはしておこう。さびれた村でお使いクエスト進めるだけだったし……ただ、要求素材の量多いんだけど

60.名無しの釣り人
固有職、っていいのかなぁ……早い者勝ちとか

61.名無しの踊り子
気になって運営に問い合わせたことがあるけど、領地がなくとも転職できる【頭領】というフィールドマスター系職業があるって
能力的には他のフィールドマスター系とほとんど同じ、というか普通に遊ぶ分にはより便利

62.名無しの剣士
あ、教えてくれるんだ

63.名無しの農家
私も気になって聞いたことがある
今後のアップデートで条件緩和と定員無制限化とかも予定しているって

64.名無しの演奏家
まあ、ネトゲって少なからず早い者勝ち要素あるし

先行するプレイヤーが出るのはある意味当たり前というか……

65.名無しの木こり

ダンジョンと同じでインスタンス化[※35]とかそのあたりがまだ調整できていないんだろうな
イベントでダンジョンに列ができている……つらい

66.名無しの重戦士

人も増えてきたし、サーバーを増やすか混雑しないような調整が入るか対応はやく

67.名無しの踊り子

確かに混雑がきついのよねー

68.名無しの騎士

クエスト進めていたら、妙な情報を見つけた
港町でNPCたちが海に巨大なモンスターが現れたって言い出している
ただ、海に潜ってもそんな姿は見つからない

69.名無しの漁師

たしかに、他の乗組員たちもそんなこと言っているな

70.名無しの釣り人

【漁師】……だと

71.名無しの漁師

水棲系モンスターと戦えるかと思って転職したら地雷だった

【※35】インスタンス化。定員無制限のフィールドから、プレイヤーがアクセスすることで一時生成されるフィールドへの変更

まさか、船に無理やり連れ込まれて遠洋漁業に行くことになるとは……島流しである

72.名無しの怪盗

ナカーマ

確かに【怪盗】も楽しんだけど、そろそろ別の職業でも遊びたくなってきた

73.名無しの盗賊

時々転職にクエストクリア必須な職業あるからな、このゲーム

74.名無しの魔法剣士

そんなことより情報をお願い

75.名無しの漁師

把握

まあ、巨大なタコやイカのようなモンスターをNPCが見たとか、奴が、奴が来るっておびえた感じなっているとかそんなんばかりなんだけどな

76.名無しの剣士

もしかして【わだつみのしずく】

水着イベント後半で使えるアイテム。まだ使用方法不明なんだけど、これ関連かな

77.名無しのテイマー

これはクラーケンですね

78.名無しのサモナー

クラーケンだよな、たぶん

これでクラーケンじゃなかったらクトゥルフ[※36]的な何かだけど

79.名無しの狩人

クラーケンのほうがいいな

エルダーの見た目がアレだからその親玉的なのとかどんなのだよ

80.名無しの騎士

たぶん大丈夫だろう

火山でエルダー（炎）と戦ったけど、炎でできた魔人だったし

（　）に書いてある性質によって見た目と攻撃方法が違うっぽい

81.名無しの大名

ワイもエルダー（森）と戦ったで

木の体にツタが巻き付いていて、手足の部分が葉っぱで覆われとる

あとエルダー共通で弱点属性はないっぽいね

82.名無しの剣士

やっぱクラーケンかな

83.名無しの狩人

クラーケンだとして、まだ戦えないとはどういうことなのか

84.名無しの探偵

やぁ、本家本元の探偵だよ

盛り上げるためだろうね。終盤戦、ポイント巻き返しのチャンスみたいな

【※36】クトゥルフ。クトゥルフ神話。非常にグロテスクな創作神話。転じて触手系や直視するのもおぞましいクリーチャーを指す比喩

形で……ただ、おそらくレイドボスと戦うためのアイテムだろうが
イベント交換アイテムに【ベヒーモスの思い出】というものがある。これは、ベヒーモス戦を自分の好きなタイミングで発生させることができるものだ
おそらく【わだつみのしずく】も似たようなアイテムなのだろう

85.名無しの狩人
そうか、レイドボスか……そういえば正式実装したのに発見報告全然なかったんだよな

86.名無しの錬金術師
そのうち探そうと思って、後回しにしている

87.名無しの剣士
みんな苦い思い出ばかりだし、リターンも少ないからベヒーモスはスルーしていたし

88.名無しの錬金術師
そうだよな、せっかく正式実装したのに使わない手はないよな
ポイントを大量に獲得できるけど、多人数前提かよ

89.名無しの狩人
一人で黙々と集めるか、協力してポイントを稼ぐか

90.名無しの探偵
まだ推定だがね

91.名無しの魔法使い

レイドか……ベヒーモスの時はまだこのゲームやっていなかったから、未体験なんですけど、アイテム交換してやってみたほうがいいんでしょうか体験してみたほうがいいのかどうか

92.名無しの剣士

うーん、ポイントがもったいないな
【わだつみのしずく】がレイド挑戦用アイテムならそっちが始まってからでもいいぞ

93.名無しの盗賊

ベヒーモスは人数揃えてもきついからやめな
調整ミスったとしか思えない鬼畜さだから

94.名無しの魔法剣士

報酬もそんなに良くないからね
おすすめはしない

95.名無しの魔法使い

そこまでか……おとなしくイベントポイント貯めることにします

96.名無しの探偵

それが良いだろう
やり合うにしてももっとレベルを上げたほうがいいだろうな
あと、【怪盗】ならこの前一人見かけた

97.名無しの怪盗

デジマ!?

98.名無しの探偵
まあ、すぐにクエスト消化して職業戻していたが

99.名無しの怪盗
俺は結構時間かかったのに……なぜだ(´・ω・`)
ちょっとレイドボス戦をソロでやって憂さ晴らししようかな

100.名無しの剣士
さすがに冗談だってわかるわw
いくら能力値下がるって言っても、ソロで挑むアホはいないでしょ

@@@

今、アリスの目の前には巨大なモンスターがいるです。場所はコロッセオ。そう、今アリスはベヒーモスと戦っているのです。

アリスがこのゲームを始める前に、お兄ちゃんたちが戦ったというベヒーモス……話には聞いていましたが、大きいですね。

職業は【演奏家】のまま。大聖堂のクエストを進めていたら、それが奥義スキルの条件だったらしくて、【演奏家】の奥義も習得したのでこいつと戦えるかなって、思っていたところでした。

「………一人で、いけるですかね」

前々からやってみたかった、レイドボスのソロ討伐。装備もできる限り強化してあるです。エルダー（海）から大量に素材を手に入れていたですので、それで水着を上位の装備に改造してもらいました。

武器、というか楽器も新調して【渚のウクレレ＋10】です。バトルブーツもフル強化済み、なんなら防具も強化はできるだけしてあるのです。

まあ………強化失敗で犠牲になった装備も多いですが。

「グォオオオ!!」

「それじゃあ、頑張るですよ！」

ウクレレを弾きながらジェット移動でベヒーモスの攻撃を避けるです。距離が離れると、空気の塊みたいなものをぶつける。近ければ直接爪で攻撃するか、噛みつきをする。

弱点は背中のコブ。もしくは、お腹の中。

「お腹の中は難しいですね――跳んで背中を狙ったほうがいいですか」

「ガアア!!」

「時間かかりそうですよね――いえ、確か人数で強さが変わるんでしたっけ」

どれぐらい変わるかはわかりませんが、お兄ちゃんたちが戦った時よりは弱いはずです。

ステータス的にはその時のお兄ちゃんたちより今のアリスのほうが上ですし。

「まあ、やってやれないことはないですよね！」

「ガアアア!!」

爪による切り裂き。ジェット移動で躱しますが、続いて空気の塊が降ってきました。

「ちょ、連続ですか!?」

幸い、演奏の効果で防御力が上がりダメージはそれほどでもないですが……続いてタックルを仕掛けられたのです。

ノックバックが発生して、アリスは壁へと激突しました。

「ちょ、タンマタンマ！　タンマです！」

「ガアアアア!!」

「食べられる!?」

ぱくりんちょ。

@@@

リスポーンは2回までなので、もう1回突撃したです……ひたすら回避と背中への攻撃でHPを半分まで減らして、咆哮(ほうこう)により吹き飛ばされて再び死んだですけど。

「テイクスリー……はやめておくですか」

メニューを開いて、この場を離脱（クエスト扱い。破棄すると離脱）して再び村に戻ります。

「………やっぱり1回じゃ無理です」

奥義を使うのに、攻撃パターンを見ておきたかっただけですから、別にいいですが。

とりあえず、今の感じで組んでおけば行けるですかね？

使えそうな魔法を選んで――よし、行ってくるです！

「レッツゴー」

何度か挑戦したのでダイジェストでお送りするです。

@@@

「これが新たに覚えた奥義スキル【歓喜の歌】です！」

言わずと知れた第九。奥義を習得して、調子に乗って突撃したのですが、結果は言わずもがな。サウンド担当スタッフの趣味でクラシック楽曲多いんですよね、このゲーム。アリスはあまりやっていないですが、メインストーリーのＢＧＭなんかによく使われているって聞いたです。

「演奏しきれば、範囲内のプレイヤーのステータス上昇、あと演奏内の音符の組み合わせを魔法スキルの発動キーワードに登録できるですから、演奏しながらでも攻撃可能です！」

「ガアアアア!!」

「――ＭＰが枯渇するです!?　ジェット移動もするからＭＰがぁ!?」

この回はＭＰ管理ミスしておだぶつでした。

その次、行きましょう。

反省を生かして、アイテムをたくさん持ち込んでの挑戦でしたが……まあ、そうすぐにクリアできるわけもなく。

「ＭＰブーストポーションも用意したです。これでいけるです！」

いいところまでいけたですが、ＨＰ残り３割で凶暴化しました。

スピードも急に速くなっていたので対応できず、アリスは消し飛びましたです。

いい加減どうにかしたいので、次の回です。

「さすがに疲れてきたです」

「ガアアア!!」

「飛びかかりはもう結構です」

防御強化、スピード強化、攻撃力強化とどんどん重ね掛けしていきます。

この時の作戦はとにかくバフモリモリ！　でした。

奥義はＭＰの消費が激しく、ここぞという時までとっておくのがいいとわかったので、とにかくコブを蹴りまくります。

ジェット移動も使い過ぎるとＭＰがなくなりますし……ＭＰの自動回復旋律を覚えていなかったら危なかったです。

「やっぱり、一人で相手するとＨＰが少ないですね」

「ガアアア！」

空気の塊を連続で発射してくるので、躱すことに専念します。

そろそろ残り3割。お兄ちゃんたちは3割になってすぐ、奥義などでＨＰを一気に減らしたと言っていましたし、スピードアップさせずに倒した――それかイベントの時よりパワーアップしているのか。

「と、来るですか」

スピードがアップするのがわかっているので、アリスもスピード強化の旋律を切らさないように注意しながら攻撃を躱すです。

何度か攻撃したですけど、隙ができるのでそこで奥義『歓喜の歌』を発動しました。

「みょーんさんの魔法を見ておいてよかったですね。高い所を狙うのに落雷魔法が便利です」

演奏の途中で落雷が降ってくるです。連発すると奥義に必要なＭＰもなくなるので多用はできませんが——このあたりでいいですか。

「全能力強化完了です！　一気に、決めるですよ」

ベヒーモスの背中に飛び乗り、コブを連続で踏みつけます。

とにかく踏んで踏んで踏みまくってやるのです。作戦もなにもない、ただただ純粋に単純な攻撃でＨＰを削ります。

「おりゃりゃりゃりゃりゃりゃ！」

——そして、決着がつきました。

キラキラとした光の粒になってベヒーモスが消えていきます。リザルト画面には、クリア報酬とドロップ品、その他ボーナスによって手に入れたアイテム類……ま、まあこんなものですよね。決して微妙とかそういう話でなく……いえ、ここまで苦労してこの報酬は微妙です。

でも、もう一つ。称号が手に入りました。

「【ジャイアントキリング】ですか……条件はソロでレイドボス攻略ですね」

効果、セット中すべての攻撃にダメージボーナスが入る。

「おお、いいじゃないですかいいじゃないですか」

これが手に入っただけでおつりがくるですね。

イベントの残り期間、頑張っていくですよー！

第三章　調子に乗り過ぎるとろくなことはない

【いよいよレイドボス戦解放です】

皆さま、イベントは楽しんでいますか？

運営スタッフもアイテムの交換状況や、モンスター討伐数などのデータは逐一確認しております。

今回得られたデータは、今後のアップデートに役立てますので、引き続きボトムフラッシュオンラインをよろしくお願いいたします。

さて、【ＢＦＯ（ぶふぉ）サマーフェスティバル！】前半イベント【ビーチファイターズ】もいよいよ残り10日間となりました。

そこで皆様にお知らせです。交換アイテムの一つ、【わだつみのしずく】の使用を解禁いたします。

こちら、特殊テレポートアイテムとなっておりまして、使われますとゲーム内最北の島、【浮島・ヒョウ】へと移動できます。

島の石碑に触れることでレイドバトルが開始され、レイドボス『クラーケン』との戦闘となります。

今回リスポーンは不可となっております。また、戦闘開始時に【浮島・ヒョウ】内にいるプレイヤー全員がインスタンスフィールドへ移動しての戦闘となります。

クリア時に一人でも生きていれば全プレイヤーに討伐報酬が入ります。また、現地での蘇生は可能となっています。

フレンドたちとご相談の上、人数を集めるもよし。ふらっと参加してみて、同じ時間に集まった人で挑んでみるもよし。渾身の巨大モンスターとの戦闘をお楽しみください。

@@@

メニュー画面から見ていた公式ブログを閉じ、みんなのほうへ向き直る。

「で、どうする？」

今日も今日とて村に集まって相談中。【ＢＦＯ音頭で踊ろう！】のための飾りつけとかは集め終わったから各々好きなようにやっているんだけど、クラーケンの情報が公式から発表されたことで自然と全員が集まったのだ。

参加するのに必要な【わだつみのしずく】だが、決して少なくないポイント数だ。べらぼうに高いわけでもないし、別に払っても構わないが――ベヒーモス戦のことを考えると尻込みしてしまう。

「挑んだとして、勝てるかわからないとねぇ……今回もどうせ強いんでしょ」

「かなりデカいようじゃからな。触手確定じゃし」

「もうそこはどうでもいいんだけどね」

エルダーのこともあるが、あれとはまた違う触手だろうから今回は気にしていない。クラーケンってことはタコかイカだろうし。

「そうねぇ……私も戦ってみたいけどー、わざわざポイント無駄にするよりかは別のアイテム手に入れたほうがいいかなー」

ディントンさんの言葉に、消極的な空気が広がる。

実際、僕もさすがにスルーしておこうかなという気持ちだった。倒せればポイント大量獲得のチャンスだし、もしかしたらランキング報酬も狙えるかもしれない。

ランキング上位に入るような人は倒しにいっているだろうから、僕が倒したところでランキングには入らないかもしれない。それに、ランキング報酬もおまけみたいな景品だし。あの辺りはランキングそのものに興味がある人ぐらいしか挑まないだろう。

「今回は見送り、ということでいいですかね？」

「そうね、それが良いと思うわ」

「――待ってください」

そこで、アリスちゃんが声をかけた。

何か、大きな経験をしたのかいつもより大きく見える。

「別に失敗してもいいじゃないですか。ポイントは惜しいですけど、こんなイベントをスルーしちゃうほうがもったいないです」

それに、と続けてメニュー画面を開くと何かアイテムを取り出して、僕たちに見せてきた。

「これ、なんだかわかりますか？」

「――ベヒーモスの素材？」

「たしかに……でも、それをどこで？」

「この間、倒してきたです。その証拠に、アリスの称号もこうなりました。表示をオンにしてみてください」

実は、キャラクター設定で頭上に名前や称号などを表示できる機能があるのだが、普段は名前表示のみにしている……アリスちゃんに言われ、僕らはその機能を使った。

書いてあったのは【ジャイアントキリング】の文字。前までは、僕らと同じ【ランナー】だったのだが、いつの間にか新しいものに変えていたのか。

「それ、取得条件はなんじゃ？」

「ソロでのレイドボス討伐です」

「なんじゃと!?」

「え、倒したの――アレを一人で？　他のレイドボスじゃなくて？」

「はい。やってやれないことはないです。っていうか、いま恒常で挑めるのってあの牛さんだけだったと思うですけど」

「そんな馬鹿な……」

いや、いつか一人で倒してみたいとは言っていたけど……まさか本当に？

「何度かトライしましたけど――それでも、できないことはないのです！　これはお祭りなんですよ。楽しんだほうがいいのです！」

「……そうだよな。楽しんだほうがいいよな」

ここ最近ポイント数を意識し過ぎていたようだ。

根本的に、楽しむということを忘れていた。

「祭りは楽しんでなんぼじゃしな。別にレイドボスの一つや二つ、ダメもとで構わんじゃろ。スルーして戦わないほうが確かにもったいないの」

「ですね。やってみますか」

「で、ござるな……しかし、参加するにしてもこの場の面子だけでござるか？　某たちだけだといささか火力不足のような」

「そうでござるよ。さすがに少なすぎるでござる。そもそも半数は生産職でござるから、攻撃スキル少ないでござろう」

「いえ、大丈夫じゃないでしょうか」

「確かにアリスちゃん、ベヒーモスをソロで討伐できたのは凄いことだし、この場のプレイヤーたちは一癖も二癖もあるけどサービス開始から遊んでいる連中だから、レベルは高いのよ。この面子だけでもレイドボスを倒せると思えるくらいに。それでも、レイドボスはなめてかかるべきではないわ」

「いえ、そうではなくてです……」

「そうだな、人を集める必要がある……野良で参加してどれだけ集まるかわかんないし、どうやって集めるかな」

「そうじゃなぁ…………フレンドをあたってみるか?」

「まあ、一番堅実な手ね」

「あの……そうじゃなくて、レイドボスの強さって――」

「ベヒーモスよりは強いかもな。獅子王ぐらいを想定しておくか?」

「リスポーン禁止だし、できるだけ数が欲しいわね」

「そうじゃなくてですね…………アリスが言いたいのは――」

「拙者たちは和風仲間をあたってみるでござる」

「ロールプレイ仲間は結束強いのでござるよ」

「ワシも工業都市の知り合いに声をかけてみるかの」

「知り合いのネクロマンサーも喜んで来てくれますよ。あ、アリスさんはおばけ苦手でしたね」

「――おばけッ⁉」

「うーん、僕は知り合いここの面子ぐらいだからなぁ…………よし、いつもの方法でいくか。決行はいつにする?」

「都合がいい時間帯は――18時ぐらいですかね」

「そうだな。そのあたりか……じゃあ、3日後でどう?」

運のいいことに、3日後の18時なら全員参加可能らしい。

ならば、そこに決まりだな。アリスちゃんはおばけの言葉にまだ震えているが。まあ、大丈夫だろう。

「それでは、参加する人は3日後の18時からってことで」

「では知り合いに声をかけてくるぞー」

ライオン丸さんの言葉を皮切りに、各々が参加者を集めに行きだした。

僕も、参加者を集めないとな。自室で集中して書き込もう。

——この時、アリスちゃんが何を言いたかったのか聞いていれば、何か変わったのだろうか？

「…………ハッ!? しまったです。言い出せなかったです……ボスは、戦っている人の数で強さが変わります。アリスがソロで戦ったら当然HPは低かったです——逆に言えば、人が多いほどHPは増えますし、もしかしたら攻撃力も…………みんな、イキイキしているのに、今更言えないのです。水を差せないのです……アリスは、どうしたらいいです!?」

賽は投げられた。覆水は盆に返らない。この時の僕には知る由もないが、どうすることもできなくなったのだ。

「そもそもBFOのレイドボスって、多人数で挑める大型ボスって意味合いであって、たくさんHPがあるボスとはちょっと違うんですけど——皆さんすっかり忘れていないかです？　と、とにかくお兄ちゃんならどこかに書き込むはずですし、まずはそこから調べないとッ」

【集え】クラーケン討伐部隊募集【勇者たちよ】

1.黒い村長
やぁ、炭鉱夫から農家に、農家から村長になった僕だよ
今日はみんなにお知らせを持ってきたんだ
3日後の18時から、クラーケンと戦う予定なんだ
そこで、我こそはと思うプレイヤー諸君、是非とも参加してほしい

2.名無しの錬金術師
何このスレ
っていうかまーた変なことを始めたのか

3.名無しの釣り人
さすがにやめとこうかなぁと思っていたところに

4.名無しの剣士
海の中での戦いになるだろうし、厳しいかなって

5.名無しの魔法使い
もうちょっとレベル上げてからにしたい

6.名無しの重戦士
沈むからヤダ

7.名無しの盗賊
戦ってみたいけど、ポイント無駄に使いたくない

8.黒い村長

たしかに、僕たちも最初はやめようかと思っていたんだ
でもね、ある子に言われたんだ——それじゃあ勿体(もったい)ないって

9.名無しの剣士

ポイントが？

10.名無しの狩人

たしかにポイントがもったいないが

11.黒い村長

ポイントもそうだけど ヽ（`Д´）ノプンプン
そうじゃなくて、せっかくの祭りをスルーしていいのかって話

12.名無しの探偵

たしかに……やる前から諦めるのもおかしな話だ

13.名無しの盗賊

たしかになぁ……やらないほうが後悔するだろうし

14.名無しの重戦士

沈むけど、大丈夫？

15.黒い村長

どんな職業だっていい。レベルが低くても構わない。どんなネタ装備でもいい。
ただ、みんなの力をオラに分けてくれ！

16.名無しの剣士
ったく仕方がないな――いっちょやりますか

17.名無しの狩人
まったく、心に火がついちまったじゃないかよ

18.名無しの盗賊
何このノリ

19.名無しの武闘家
まったく。しょうがないな、俺の力を貸すぜ

20.名無しの探偵
基本的に、お祭り好きの集まりだということだよワトソン君

21.名無しの盗賊
誰だよワトソン

22.名無しの大名
まったくもって、面白そうな話にワイが食いつかないわけないやろ

23.黒い村長
思ったより賛同者が多くてうれしい
改めて言う。決行は3日後、18時からだ
そのあたりの時間で【わだつみのしずく】を使用してくれ
なんなら、もっと人を集めてもいい。とにかく、プレイヤーたちの力を結集するのだ！

24.名無しの剣士
よし、知り合いにも声かけてくる

25.名無しのサムライ
さすがにクラーケンはやめようかと思ったけど、この流れに乗るぜ

26.名無しの盗賊
ま、知り合いに声をかけてみるけど

27.名無しの忍者
ソロプレイヤーゆえ、諦めておったが……いける、この戦い。我々の勝利だ！

28.名無しの重戦士
素晴らしい！　最強の部隊の誕生だ！

29.名無しの狩人
エルダーで触手が怖くなったけど、これならいけるわん。アチキ、もう何も怖くない！

30.名無しの武闘家
ハッハッハ！　クラーケンなど握りつぶしてやる！

31.名無しの怪盗
言っておくが俺は、PVPで優勝しているんだぜ？

32.名無しの旅人

こっちには拳銃があるんだ、負けるはずがない！
この戦い、我々の勝利だ！

33.名無しの演奏家
おしまいです……やっと スレを見つけたと思ったら、こんなことにもうおしまいですぅうううう

@@@

ランダムで徘徊しているフィールドボスを除いたすべてのボスモンスターは戦闘に参加しているプレイヤーの数で強さが変わる。

もちろん、レイドボスもだ……僕たちは忘れていたのだ、人が多ければ多いほどボスが強くなっていくことに。

相応に強いが、ソロで挑んだ場合結構弱体化する。だからこそアリスちゃんがソロクリアできたわけだが——つまり、ほどほどの人数で挑んでおけばいい感じの強さになっていたはずだったものを、僕たちは何を間違ったのか大人数で挑もうとしていた。

ヒルズ村メンバーだけで挑んでも、苦戦はしても勝てていたかもしれないのに祭りの空気に呑まれた僕たちはもう逃げ出せないところまで来ていたんだ。

その結果、どうなるかは言うまでもないだろう…………今回の物語は僕たちが華麗に勝利する話でも、苦しい中でも勝利をつかみ取る話でもない。

ただただ、蹂躙される話だ。

@@@

決行の日はすぐにやってきた。みんなが対クラーケンのために装備の強化や、スキルの習得、レベル上げなどそれぞれにできることをやり、その日に備える。

入念な準備、戦闘時のシミュレーション。ベヒーモス戦で肩慣らし。充実した毎日だった。

「今、それが実を結ぶ時だ」

「ええ。キッチリ決めちゃいましょう」

「クラーケンの素材、楽しみねー。練習で狩りまくったベヒーモスさんで装備も充実したしー」

「武器に使える素材ならうれしいんじゃがのう。素材があっても使えませんじゃ話にならんぞ」

「オイオイ、勝った後のことを考えるのは早いんじゃないか？」

「それもそうでござるよ。勝って兜の緒を締めよ。勝つ前から緒を緩めていたら世話ないでござるよ」

「それもそうね」

アッハッハッハッハ。と、笑い声がこだまする。

そんな中、アリスちゃんだけはなぜか「結局、言い出せなかった……」と悲しそうな顔をしていた。いや、すべてを諦めたような顔というべきか。

「どうかしたの？」

「いえ……別に」

「もしかして、リアルで忙しかったとか？」

「そういうわけじゃないです……先に言っておきますが、アリスは明日から家族旅行で1週間出かけますので挑めるのは今回だけです。水着イベント終わるまでには帰ってこれるですけど、他の日とのスケジュールは合わないですからね」

「そうか……周回はできないのか。でも、家族と上手くいっているようで安心したよ」

「え、ええ……」

時折アリスちゃんがポロっと漏らしている感じだと、忙しい人たちみたいだったからなぁ。

いろいろとため込んでいたアリスちゃんだったが、ここ最近は積極的に家族と話しているようだ。そのおかげで、仲は悪くならずに済んだらしい。

「でもアリスが言いたいのは周回できないという話ではなくて——いえ、周回もできないんですが」

「それじゃあ、【わだつみのしずく】は持ったな？　装備の準備は大丈夫か？」

「ええ。問題ナッシングよ」

「今宵のハサミは血に飢えていますよー」

「某の【妖刀ツバキ】も強化済み。驚異の＋10でござる」

「がんばってフル強化したんじゃぞ——この男、課金アイテムを使ってまで武器が壊れないようにしたからな」

「みんな気合入っていますね。私も奥義を出し惜しみしませんよ」

そう言ってめっちゃ色々さんが取り出したのは、【錬金術師】の固有製作アイテムである賢者の石だった。種別は素材アイテムなのだが、【錬金術師】には別の使い方もある。

「私の奥義『秘術』で、コイツを消費することで誰か一人を10秒間だけですがMPを無限にできます。そしてこの場のメンバー全員が奥義を習得済みです」

「ふふふ、勝てる。この戦い、勝てるわ！」

「拙者も奥義『影分身』を出し惜しみなく使えるわけでござるね」

「某の奥義『ハバキリ』、ようやくお披露目できるでござるな」

「…………もう、ここまで来たら腹をくくるしかないです」

アリスちゃんが手を合わせて天にお祈りするポーズをとった。

気にはなったが、もう時間だ。

「よし、行くぞみんな！」

「「「「「おお！」」」」」

「…………どうにでもなれー」

ところでアリスちゃんはなんでリコーダーを魔法のステッキみたいに振り回してポーズをとっているの？

@@@

アイテムを使用すると、すぐに『浮島・ヒョウ』へと転移した。

直径８００メートルぐらいの小さな島で、周りは海しかない。

今回、僕らは2パーティーに分かれている。僕、アリスちゃん、ライオン丸さん、みょーんさんの組と、めっちゃ色々さん、ディントンさん、よぐそとさん、桃子さんの組だ。

まあ、基本固まって動くからあまり関係はないのだが。

と、そんなことよりもっと気にするべきことがあった。

「………あれ？　人多すぎない？　人口密度高すぎるんだけど？　え？」

「本当ね——え、まって。え？」

「え？　レイドってこんなに人集まっていいの？」

「予想外過ぎたわね……何人いるのよコレ」

「確かボスモンスターって一部を除いて参加人数が多いほど強くなる仕様だったような……あのぉ、ちなみにレイドって例外だったりしませんか……」

「しないのよねぇ……むしろ一番人数の影響を受ける仕様よ」

「ですよねー」

「わかりきっていたことじゃないですか！　なんで誰も気が付いていなかったです!?」

アリスちゃんが叫ぶ。その叫びに、周りの大勢のプレイヤーたちも、どうしてこうなったんだろうなぁと遠い目をしていた。

マップを開いて、周囲のプレイヤー数を表示する。最近追加された機能なんだけど、運営……この状況見越していたんじゃないだろうな？

その人数約5000人。なお、一度アイテムを使用したら自力では戻れません。ログアウトしてもこの場に残るので、おとなしくやられるしか元の場所に戻る方法はない。

しかもまだまだ増えてますぜ。カウンターの増え方がフィーバータイム突入している。あれ？スロットでジャックポットでもした？　いや、僕がその手のギャンブルで勝つことなんてほとんどないし、違うか。いや、そうじゃないだろ。

「どうすんのよこの状況！」

「はじめるしか、ないんじゃないですかねぇ」

「というか誰か気が付かなかったんかの、これ」

「そこは吾輩(わがはい)が説明しよう」

「アンタは──名探偵さん！」

いかにもな探偵の格好をしたプレイヤー『ポポ』さん。今回、大人数のプレイヤーが動くので、名前を呼び合うために頭上表示をオンにしているので、スムーズにプレイヤー名がわかる。

スレッドにもよくいた探偵さんで、軽いロールプレイ勢だ。じゃなきゃこんな格好していないけど。っていうか水着じゃないんだ。

「まず、ロポンギー君以外はフレンドを誘い、そのフレンドがまたフレンドを誘いといった形で増えていったね？」

「そうね………でもそれだけじゃここまで増えないんじゃないの？」

「いや、基本的にお祭り好きのプレイヤーたちだ。面白そうなことしているという空気だけで話に乗った。更に、ロポンギー君が掲示板で参加募集したせいでより集まってしまった」

「――オイコラ村長！」

「なんか、困ったことがあったらとりあえず書き込めば何とかなるかなって。いつものノリでヘルプ頼んだ」

「アンタ素で扇動者やってんじゃないのよ！」

「あっはっは。どうしよう」

「どうしようじゃない！」

「あと、久々にプレイヤー名呼ばれて一瞬自分でも誰のことかわかんなかった」

「……ああ、そういえばロポンギーって村長の名前じゃったな」

「そんなことはどうでもいいのよ！　どうするのよコレ！　まだ人が集まっているじゃないのよ！　ちょっと、これ以上人が増えたらどうなるか――」

　と、その時石碑が起動した。

　みんながなぜ？　という感じで呆けていると、麦わら帽子にTシャツ、短パン姿のプレイヤーが狂ったように笑っていた。

「ハッハッハ！　限界っす、押してやったっすよ！」

「この前の自称太公望!?」

「マンドリル君！　なぜ起動したのだ!?」

「わかんないんすか!?　アンタともあろうものが――このまま押さなければクラーケンはどんどん強くなっていくだけなんだよぉ……ただただ、絶望が先に待っているのなら、俺っちは前に進むっすよ。たとえ、それで死ぬことになってもなぁ！」

※これはゲームです。

「もううんざりなんだよぉ……お目当てのアイテムが手に入らないのも、ガチャが更新したせいで逃したあの絶望感——自分が一瞬で蒸発するあの、恐怖」

「なんでアリスをおびえた目で見ているですか」

「いや、そりゃそうじゃろ。話には聞いておったが、蒸発させたの嬢ちゃんじゃろ」

「そういうところどうにかしてねー」

ハグしてアリスちゃんを（物理的に）言いくるめるディィントンさん。

「ちょ、抱きつくなです！　胸を押しつけるなです！」

「おびえた毎日を過ごすのはもうおしまいだッ！　俺っちは変わるんだ。さあ、こいよ、俺っちはここにいるぞっぉオオオ‼」

そこで、スパンと釣り人の頭が叩かれる。

「ノウッ⁉」

「あんた何しておるんだか……ウチらにだって心の準備ぐらい必要なんです」

種族はよくわからないが、女性プレイヤーがハリセンで麦わら帽子の頭をはたいていた。

妙な空気になったが、おかげで少し冷静になれた。マップを見てみると……現在の人数、7837人。

とにかく、やるしかない——そう思ったとき、マップに巨大な赤い丸が出現した。僕たち、というか島に重なるように出ている。

「……なんか、変な音が聞こえない？」

「聞き覚えがあるんじゃが……なんじゃろう、これ」

「ボレロ、ですね」

アリスちゃんがそう言ったことで、ああとみんなが納得した。クラシック音楽のボレロだ。僕も何度か聞いたことがある。

でも、何故ボレロ？

「このゲームの開発者の中にクラシックが好きな人がいて、ＢＧＭとかに使っているって叔父さんから聞きましたです。ほら、このゲームのイベントシーンとかでよくクラシック音楽使っているじゃないかです。その開発者の人の趣味だそうですよ」

「へぇ……そうか、例の内部事情に妙に詳しい叔父さんから聞いたのか」

さすがにネタバレ級の情報は漏らしていないが、スタッフの趣味とかマメ知識的なゲーム情報をアリスちゃんに教えている叔父さん（推定開発スタッフ）からの情報か。なら間違いないんだろう。

「ちなみに、レイドボスの弱点なんかは……」

「さすがにそれは教えてもらえないです」

「ですよねー」

「難易度ナイトメアね」

「アルティメットじゃろう」

「カオスでどうだろうか」

「何でもいいよ。ムリゲーとでも言っておけ」

島の周りから、巨大な何かが突き出た。三角錐のような形だが、うねうねしている。更に、丸い吸盤がたくさんついていた。

視界の端に【クラーケン】という表示と、HPバーが表示される。そうか、デカすぎるからモンスターの頭上じゃなくて視界の端に表示したのか。

「でかすぎだろぉおおおお!?」

触手の1本1本がすさまじくゴン太なんだけれども。

「島の外周を取り囲むように出てきた——で、浮島ってことは水中にいるのね。しかも、大きさはこの浮島を取り囲めるぐらいなのかー」

「ディントン殿！　冷静に観察している場合じゃないでござるよ!?」

「とりあえず【秘術】！　できる限りの人数のMPを増やしますので全力でバフをかけてくださ い！」

「やってやるですぅううう！　【歓喜の歌】！」

「とりあえずドリル発射しておくか」

スキル盛りまくったドリルをパンチで放つ——的が大きいから外しようがない——が、HP全然減ってないんだけど……おかしいな？　フル強化してあるし、防御力貫通するんだけど。

ＨＰバー本当に削れている？　１ドットも減っている気がしないんだが。

「オワタ、じゃな。ＨＰが多すぎて減ったように見えないんじゃろ」

「まだだ！　まだ諦めるには早い！」

「本体よ。本体を狙うのよ！」

その言葉に、我先にと海へと潜っていくプレイヤーたち。僕らも飛び込むが――その直後、触手が島に叩きつけられた。困惑していたり、及び腰になっていたプレイヤーたちはその一撃で消し飛んだ。っていうか島も消し飛んだんだけど。

「え、やば」

「大丈夫だ！　さすがに島が壊れるのは演出だ！」

「そうだぜ――探偵の言う通りさ」

「怪盗さん！」

「アタイたちの力、見せつけてやろうぜ」

「丸焼きにされていた人！」

「『あるたん』だ！　覚えておきな！」

「それに、これだけ巨大な敵です――ワクワクするじゃないですか！」

「あなたは、『ヤンバルクイナ』さん！」

「え、どなた？」

色々さんが反応していたけど、僕たち知らないんですけど。

「ああ。例のネクロマンサーさんです」

「あー、例の」

ゲーム内ほぼ唯一って噂の。かなりの変わり者って聞いたけど——そういえば、見たことあるな。鉱山ダンジョンに挑みに来ていたの思い出したわ。

「ってあんたら揃いもそろってメニュー画面出してどうしたんですか？」

なんか手元が光っているなと思ったら、全員がメニュー画面を開いている。見覚えのある表示が見えるんだが、気のせいだろうか？

「「掲示板で実況している」」

「何してんだよ⁉」

「村長が言えた義理じゃないじゃろうが！」

「むしろお兄ちゃんがいつもやっていることじゃないですか」

確かにそうだけど——そうか、僕は周りから見るとこんな感じなのか。

反省しようと思ったその時、銀色の光が前に飛び出した。

「グダグダ言っている暇があったら攻撃するべきよ！」

「あの人は、『銀ギー』さん！　女騎士さんや女剣士さんとも言う」

「ああ、あの人か——って無策で突っ込んでいるけど大丈夫なのか⁉」

「だめじゃろ」

案の定触手の一つに捕まった。っていうかクラーケン本体がかなり海底のほうに行っているんだけど……銀ギーさんもあああ!?　って叫んでいるし。

「やっぱりだめだったか」

「じゃが、ワシ的には眼福じゃ」

「僕は触手属性ないから。そもそもゴン太過ぎて姿が見えなくなってるし」

僕がそう言うと、アリスちゃんは胸をなでおろした。

「……ほっ」

「アリスちゃん、そういうのは君にはまだ早いわよー」

「そうよ。もうちょっと大人になってから知りなさい」

「な、なんですか。別にお兄ちゃんがそういう趣味じゃなくてほっとしたとか、ちょっと残念とかそういうわけじゃないんですからね」

「「うわぁ」」

なんかもうグダグダしてきたけど、クラーケンの奴がだんだんと高速回転し始めているんだが
――あ、銀ギーさん消し飛んだ。運悪く激流がかすったか……いや、かすっただけでも死ぬのかよ。

洗濯機のように水が回転し、僕たちを巻き込んでいるんだが……。

「…………これはどういうことだと考える?」

「まああれじゃろ。一定時間たったからか、ダメージを与えなさ過ぎたからか……必殺技、的な」

「だろうね。それじゃあ、また来世で」

「ああ……来世で」

「あんたら余裕こいてないで止めてきなさい！」

「「そんなご無体な!?」」

そうやって姐御は無茶を言うんだから。

「今回リスポーンないんだぞ、死んだら終わりだぞ」

「そうじゃよ。蘇生している暇もないじゃろこれ」

「リスポーン不可とかゲームバランス狂っている。ベヒーモスだって2回はできたんだぞ」

「でござるなぁ……どうしてこんなに強くしたんでござるか。リスポーン不可なのに奴の攻撃はほぼ即死、なのに体がでかすぎて攻撃が当たりやすいとか狂っているでござるよ」

今もたくさんのプレイヤーたちが消し飛んでいる。なお、戦闘開始の人数で強さが決まるので、人が減ろうが強さはそのままです。

「ああ。ワシ気がついちゃったかも」

「何に？」

「たぶん、本当はそこまで強くないんじゃないじゃろうか……攻撃も何というか、単調じゃし」

「たしかに。ヤバい攻撃力なのにこうやってグダグダ会話する程度には余裕あるな」

離れた場所から見ていれば、ギリギリ回避できるぐらいには。今も攻撃されてはいるんだよ。離れているから避けられるだけで。

「あくまでイベント用のボス。難しくはしてあっても、攻略できないレベルじゃないハズじゃ――となると、ここまで理不尽なのはおかしいはず」

「ベヒーモスの件があるから信用できないんだけど」

「ここの運営じゃしなぁ……でも攻撃は確かに単調なんじゃ」

「たしかにね。吾輩もライオン丸君の言う通りだと思う――本当はもっと少人数で挑む予定のコンテンツだったんだろうね。インスタンス化もされているんだし」

「それにイベントコンテンツなんだし、ポイント稼ぎに使うんだから……周回できるような人数前提なの当たり前か」

「3パーティーとか、そのぐらいですかね」

「そのあたりがちょうどよさそうだね。1パーティー最大6人、18人か……まあ、妥当なところじゃないかな?」
1、2人で触手を相手して、残りで本体を狙ったりサポートしたり。触手は、10本か。イカと同じ本数だが、形はタコみたいだな。今更だけど、クラーケンの姿を観察している。
頭はオウムガイのようにも見える。

「まあ7000人オーバーなら相応に強化されるよなという話だけどね」

「想定人数の300倍以上って仮定するなら――ははは。無理だろこれ」

「つまり、参加者を集めたせいい、ってことですよね」

「うん」

「じゃな」

「……村の悪名が広がるです」

「………いつものメンバーだけでも勝てたんじゃないかなぁ」

「かもしれんのう。どうする？　もう一度挑むか？」

「いやぁ……やめとくわ」

脱力感半端ないから。そう言って、僕らはクラーケンの雷撃で吹き飛ばされて——ヒルズ村へと帰還したのであった。

魔法も使うんですね…………。

もう今日はログアウトしてふて寝しよう。好物でも食べて、おとなしく……ああ、でも——

「しばらくたこ焼き（好物）は食べたくないなぁ……」

クエスト、失敗！

@@@

ログイン前。あの死闘から一夜明けて、ＢＦＯ（ぶふぉ）の夏イベントキャンペーンの一つで、ＳＮＳを使った懸賞に応募（ここ最近の日課）を済ませてからＶＲ機器を準備する。

アリスちゃんは1週間ほどいないし、みょーんさんとめっちゃ色々さんはリアル側で忙しくなるためしばらく不在。和風コンビも武者修行だとかで水着イベントの期間中は村を離れることに。

色々と気力も尽き果てた状況。今日はログインするのやめようかなとも思ったが……装備の修理だけでもしておこうと結局はログインするのであった。

ヘッドセットを装着し、手足にバンド型の端末を巻く。ＰＣとコードでつながっており、コイツが電気信号を受信することでゲーム内のアバターを操作するのだ。

ヘッドセットの場合は電気信号の送信だけでなく、ゲーム内の光景の受信にも使われている。僕の使っているこいつも古い型番だからそろそろ現行の推奨環境にしたい……いや、そのあたりを考えるのやめておこう。むなしくなる。

さっそくログインするために見慣れた待機画面へと移行させる。そこで遊ぶゲームを選択し、ＩＤとパスワードを入力することでようやくログインができるのだ。待つこと数秒、見慣れた光景が前に広がった。

「はーい、いつものゲーム内の自室ですよ――あれ？　メールが来ている……『イチゴ大福』さんから？」

怪盗さんことイチゴ大福さん。

なぜ彼からメールが……一言しか書いていないし。なんだよ「トゥギャザーしようぜ」って。

「…………気にしても仕方がないし、一度外に出るか」

武器と防具、とりあえず修復しておかないとなぁと家から出ると外には見覚えのあるシルクハットの男が。っていうか、イチゴ大福さんだった。

「やあ、待っていたよ村長君」

「なんでいるんですか……」

「今日はログインせんかと思っておったぞ村長よ」

「あらー。結局インしたんですねー」

「耐久値は減ったから修復ぐらいはしておこうかなって」

この前のベヒーモス戦と同じく、クラーケンはイベント仕様のためかデスペナ[※37]がない。ただ、さすがに装備の耐久値は減るので忘れないうちに済ませようと思ったのだが……そのあたりを説明すると、ライオン丸さんとディントンさんは理解したのか頷いた。

ただ、一つ気になる点が解消されていない。

「怪盗さんがなぜここに？　いや、村にいるのはこの際別にいいんだけど。あのメールは一体どういうことなのか聞きたいんですが」

「それを説明するためにも、ぜひついてきてほしいんだ。島の西に船を用意してある」

「特に予定はなかったから別にいいけど」

「ワシらも詳しい理由は聞いておらんのじゃが……」

「嫌な予感するんだけどなー」

イチゴ大福さんに連れられて島の西側に来てみると、そこそこの大きさの船があった。漁船と言われて最初に思い浮かべるぐらいの大きさだろうか。木造だが、見た目は似ている。

船を見ていると、その中から二人のプレイヤーが出てくる。一人は黒いローブを着ていて背中に羽が見える。男性で種族フェアリーって珍しい人だな。

【※37】デスペナ。デスペナルティの略。キャラクターが死んだ際に起こるデメリットもう一人は女性。露出度の高い格好をしている。ベリーダンス衣装と言えばいいのだろうか？

ただ、素材の所々がみょーんさんの【水のドレス】みたいな質感になっている。種族はケットシーで、ネコミミだった。

「あれ？　二人ともどこかで会いました？」

なんとなく見覚えがあった。特に、ベリーダンスさんのほうはインパクトの強い何かがあったような気がするのだが？

「ほらあれじゃよ。豚の丸焼きの」

「ああ――豚さん！」

「誰が豚よ！　アタイは『あるたん』！　ってクラーケン戦にもいたでしょうが！　覚えておきなって言ったでしょうが！」

「ちなみに、ワタクシは『ヤンバルクイナ』と申します――まあ、クラーケン戦でも会いましたけどね」

「――――ああ！」

だからどこかで見覚えがあったのか。ネクロマンサーさんだ。

クラーケン戦とか忘却の彼方だったから忘れていた。

「村長、クラーケン戦のこと忘れたいからってその時あったこと全部忘却しておるぞ」

「バレたか」

「ある意味羨ましい頭しているよねー」

「というか、何の御用で？」

「アタイたちも理由を知らされないまま連れてこられたのよね」

「同じくです」

「俺のフレンドの内、ヒルズ村の教会に訪れたことがあるのが二人だけだったからだね」

「だから連れてきた理由を答えろと」

「――それは、行けばわかる！」

イチゴ大福さんはそう言うと、僕たちを船に乗せて出航した――って、何この早業⁉

「え、まって？　今どうやったんだこれ⁉」

「この男、嬢ちゃんみたいにジェット移動しおったぞ⁉　しかも、かなり精密かつ彼女よりもずっと速く」

「ありえねー……あれってアリスちゃんレベルのセンスがあって初めて運用可能な技法なのに。それ以上って、ＶＲ適性アリスちゃんより上な人がいたなんて」

よく考えたら、廃人プレイヤーじゃないのにＰＶＰのソロ部門で優勝している人だった。

例に挙げると、ニー子さんとポポさんはアクの強い人物で、才能があるからにも見えるが……アホみたいなプレイ時間になっていることで有名だ。特にニー子さんはリアル大事にと言われまくっているらしい。

対してイチゴ大福さんは一般的なプレイ時間――目撃情報も基本的に午後から深夜前まで――だからステータスに開きがあるはずなのに、勝っている。

「……もしかしてアリスちゃんの上位互換なのかこの人」

「あの子が知ったらショック受けるわよー」

「村長、絶対に嬢ちゃんの前で言うんじゃないぞそれ」

「さすがに言わないよ……っていうか、この船もどうやって移動しているんだ？」

「爆弾岩と火炎瓶とあと、船の内部にいるバイト君たちがジェット噴射している」

「違った、僕らの上位互換だこの人！」

「だからって、ここまでスムーズに動くんかのう」

「ああ。ワタクシが先ほど見ておりますけど、巨大な大砲が中に積んであったんですよ。なぜ船の後方に向いていたのか疑問であったのですが……このためか。しかもわざわざスキルとアイテムを使うプレイヤーまで手伝いを頼んで」

いや、そこまでするか!?

「アタイも、なんでこうなったのか……唐突に呼び出されて船に乗せられたんだけど。あ、村長に聞きたいんだけど、なんであんな変な儀式をさせられたの？」

「さぁ…………むしろ僕が聞きたいけどね。そのあたりどうなのディントンさん」

「んー？　ああ。あの時のことねー。えーっと…………反応が可愛かったからー、なんか、こう……その場のノリでー。ちょうど村の真ん中のモニュメントどうしようかなーって話していた時だったしー」

そういえばそうだったな。変な仮面、縁日の飾りのために準備していたものの中にあったな。

まあ、早い段階で浴衣の販売とか決めていたからストレートに和風のオーソドックスな縁日の形にすることになって仮面は倉庫の肥やしになったけど。

「あれ装備できたんだ」

「顔アクセサリー扱いでー、ステータスはないんだけどねー」

「もったいないし、いろいろ用意しておいてお面屋でも作るか」

「じゃな」

「アタイ的に何の話なのか気になるんだけど……っていうか、結局アレはその場のノリってだけなのね。なんか流れで色々貰ったからどうしたらいいのかわからないんだけど」

「んー、特に気しなくても大丈夫よー。私たちも好き勝手やっただけだしー」

「ほんとにね。あのスクショ何なんだよ」

「楽しい話は結構ですが、そろそろ目的地に到着しますぞ！」

「ああうん――ところで、イチゴ大福さん。なんか口調とかテンションおかしいけどどうしたの？」

「今更それ聞くんですね」

「普通は最初に聞くこと……」

「ああ！」

「いや、ああじゃなくて………」

「ああ！」

「…………イチゴ大福さん、クラーケン戦の後ログアウトしました？」

「我は闘争を求めている！」

「もしかしてあの後一睡もしていないんじゃないの!?」

「有給取れたからと意気込んだクラーケン戦、それがあんな大敗――こんなのじゃ満足できねぇぜ！」

「アタイ、このあたりで帰りますんでー」

「逃がさないぞそこのネコミミ。ネコミミなら語尾にニャをつけるのだ！」

「なんで!?」

「さあ早く！」

「――なんでニャ」

目のすわったイチゴ大福さんのせいであるたんさんのキャラがおかしな方向へ……なぜこうなった。

「うわぁ……何この暴君」

「どうするんじゃ村長。おぬしが始めたクラーケン戦のせいでこうなったんじゃぞ」

「いや、これ僕のせいなの？」

「とりあえず彼の気が済むまで付き合ってあげるべきでは？」

「アタイもここまでやったんだニャ。お前らも逃がさないニャ」

そうして僕らはヒルズ村の西のほうにある島へと降ろされたのであった。そういえば、遠くに島が見えるなぁとは思っていたが……ここがそうか。

「ワシがクエストで船に乗っていた時は、近くを通るだけで特に見てはおらんかったんじゃが……なにかあるのかの」

「そういえばライオン丸さんは北ルートでアクア王国まで――いや、村に直接来たんだっけか」

「私は南ルートよー」

「あれは南じゃなくて空ルートだろうが」

「アタイは北ルートニャ。あれが一番安全だったニャ」

「…………悲しんでいたのにノリノリですね」

「元々、露出度高い格好もギリギリを攻めるのが好きだからニャ。でもこの語尾も……そのさげすんだような視線も、なんだか、興奮してきて――――」

「ハイアウトー！」

あるたんさんはだんだんと頬を赤らめ、口からよだれを垂らしながらやばいセリフを吐こうとしていた。というか、なんで僕の周りの女性陣は口からよだれを垂らす人ばかりなの？

「ここにまともな人は一人もおらぬのか!?」

「初めて会った時からー思っていたの――素質あるってー」

なんでディントンさんは満面の笑みなのか。そしてこっちもよだれ垂らしているし。

「こっちもやべぇんだけど」

「嫌じゃ……もう帰りたくなったんじゃが」

「おとなしく、罰を受けるのです」

「あ、やっぱりこれそういう感じのノリなんですね」

途中からそうなんだろうなぁって思っていた。

クラーケン戦、アホな規模にした制裁イベントだって。

「じゃったら他の面子にも声をかけんかい！」

「一番規模が大きくなった原因は、やはり村長でしょうから。とりあえず実況スレで皆さんに中継しますので」

「このネクロマンサーもグルだったのか!?　アンタ本当は知っていただろ！」

「アタイは知らニャかったんニャけど!?」

「リアクション面白い方がいたほうがいいでしょう?」

「畜生！　味方がいねぇニャ！」

「ここの島の中央には井戸があって、中にはゴースト系のレベル60のボスモンスターがいます。ボス部屋しかないダンジョンという、すさまじい設定ですし――強いですよ」

「俺たちならやれる。村長、鍛冶師さん、頑張っていこう！」

「こうなったら一蓮托生、いくぞ」

「帰りたい」

「骨は拾ってあげるわねー」

「ディントンさんも来るの！　っていうか船動かしていた人たちは!?」

「すでにログアウトして逃げたニャ」

というかなんでこんな高レベルの相手なんだ!?

「クラーケンだって頑張ればいける――このレベル60のボスを倒せばそれが証明できるだろう」

「うん。バカなのかな」

【お仕置き部屋】白いワンピースの幽霊との決戦【WITH村長】

45.名無しのネクロマンサー

というわけで、戦闘開始です。

夜中もぶっ通しでモンスターを狩りまくったせいでテンションがおかしなことになった怪盗紳士プレゼンツ、村長と行く【クイーンレイス】との決戦ですよ

46.名無しの盗賊

ポイントはもったいなかったけど、怒っているわけじゃないんだけどなぁ……

47.名無しの剣士

どうしてこうなったのか

48.名無しの旅人

なぜこうなったのだろうか……PVPで負けたのが恨めしくて、煽(あお)ったせいだろうか

49.名無しの祈禱師

おいこらニ一子
大分前のネタを引きずるな

50.名無しの旅人

違う！　リベンジ戦でも負けたからだ！

51.名無しのネクロマンサー

どちらにしてもしょうもないのでよそでやってくださいねー

52.名無しの演奏家

しょうもないのはどっちも同じなんだよなぁ

53.名無しの盗賊

っていうか、書き込み見ながら戦えるの？

54.名無しのネクロマンサー

職業的に、自分は動きませんからねぇ
村長も人魚を召喚して似たようなことできるみたいですけどね。彼の場合、召喚しておいて自分で殴りに行っていますけど

55.名無しのサモナー

いいなぁ。人魚、釣りで低確率出現だからなかなか出ないんだよねぇ……
効果がわかるなら教えてほしい

56.名無しの剣士

村長、いつの間に召喚獣スキルなんて取得したんだ……召喚獣出せるなら【サモナー】にもなれるのかあの人。

57.名無しのネクロマンサー

バフと、水魔法による支援攻撃ですね
鍛冶師さんが「そんな便利なものなんで今まで使わなかったんじゃ」って言っていますね。で、それに対する村長の返しが「【サモナー】で使わないと育たないんだよ！　だから今までソロでちまちま育てていたの！　最近ようやく実戦レベルになったんだよコレ！」

58.名無しの錬金術師
意外と、そういう作業もしているんだなw

59.名無しの盗賊
あんまり知られていないけど、アナグラ生活時代からそうだよ
突拍子もないことするけど、書き込んでいないところで入念な準備をしている人
ただ、そのあたりの準備は無言でしているらしいから周りは奇行しか目にしない
まあ、そもそも人のいない場所からのスタートなんですけどねw

60.名無しの魔法使い
ベヒーモス戦の時も武器に素材つぎ込んでいましたからねぇ……防具もマーケットでそろえていたし

61.名無しのネクロマンサー
目の前で暴れ回っている怪盗も似たような人ですけどね
あ、貞——じゃなかった【クイーンレイス】が鍛冶屋さんを殴り飛ばした

62.名無しの剣士
スレタイで薄々察してはいたけど、やっぱりそういう見た目なのな

63.名無しの大名
まあ、井戸に白いワンピースの幽霊って時点でお察しだけどね

64.名無しのネクロマンサー
村長が、「やられてなるものか！　ドリルから放つ魔法を味わうがいい

——ああ!?　四方八方にチャージビームが飛び散っていく!?」
ちょ、こっちにまで流れ弾が来るのですがw

65.名無しの盗賊
なんか村長、調子悪いんだろうか

66.名無しのネクロマンサー
しかし、この状況でも誰も乙っていないのは素晴らしいですね
誰か一人はHPなくなって倒れるかと思ったのですが

67.名無しの重戦士
ハチャメチャパーティーでなんで戦えているんだ

68.名無しの剣士
アホなノリで戦いを始めた割には善戦していますよね

69.名無しのネクロマンサー
怪盗紳士も強いですからね。それに村長たちも普通に強いですよ
あと、ネコミミダンサーがさっきから「にゃあああ!?」としか叫んでいません

70.名無しの戦士
その人完全にとばっちりじゃないかw

71.名無しの盗賊
南無

72.名無しのネクロマンサー
村長が「いいや、限界だ！　押すね！」とか言いながら爆弾岩を大量に取り出したんですが

73.名無しの盗賊
その困ったら自爆やめーやw

74.名無しの魔法剣士
まーたそうやって死に急ぐ

75.名無しのネクロマンサー
いや、なぜか無事だったんですけど

76.名無しの盗賊
自爆特攻で、犠牲者0だと

77.名無しの魔法剣士
なぜ!?

78.名無しの旅人
なにが起こったのか

79.名無しのネクロマンサー
ああ【鍛冶師】の奥義スキルですね。鍛冶屋さんが説明してくれました。
発動すると装備を含めた自分自身に炎と爆発の耐性を付与するそうです。
しかも最高位
習得条件は延焼ダメージの累計が一定以上だとか

80.名無しの騎士
自爆戦法が、自爆しない戦法になった……だと

81.名無しの剣士
っていうか【村長】なのに【鍛冶師】の奥義使えるの？

82.名無しのネクロマンサー
フィールドマスター系は自分の領土や登録されている職業の奥義が使えますからね。もちろん条件は満たす必要がありますが
鍛冶師さんが「ワシのアイデンティティー……」って呟いています

83.名無しのネクロマンサー
村長さん「自爆戦法は譲れんのだ！」
鍛冶師さん「ワシだってやってみたかったんじゃけど！」
村長さん「なら2人なら2乗のパワー！」
鍛冶師さん「なるほど！」
服屋さん「おいこらー」

84.名無しのネクロマンサー
怪盗紳士「討伐完了！」
その一言で、ああああああとなるみんな

85.名無しの盗賊
情報量が多いw

86.名無しの剣士
討伐しちゃったのかよw

87.名無しの騎士
ヤバいスレだと思った。その通りだった

88.名無しの怪盗
みんな、見てくれたかい？
この通り、たとえ格上の相手でもやろうと思えば、なんとかなるんだ！

89.名無しの剣士
ああうん。そういう流れだっけ？

90.名無しの重戦士
よくわからないまま始まって、よくわからないまま終わったんだが

91.名無しの怪盗
だから俺は再び奴に、クラーケンに挑戦しようと思う！
我こそはと思う者よ！　我に続け！　30分後にまた会おう！

92.名無しの盗賊
…………え、どういうこと？

93.名無しのネクロマンサー
つまり、たとえ格上でもがんばれば倒せるってことを証明したかったんでしょうねー
やる気のある方、30分後にどうぞー

94.名無しの剣士
え、嫌なんだけど

95.名無しの盗賊
がんばってどうぞ

96.名無しの重戦士
人、あつまるんですかねぇ…………

@@@

そして30分が経った！

結局誰も来なかった！

「もうこれダメじゃね」

「まだじゃ、掲示板で参加を募るんじゃ――ああ!? 拒否られた」

「まあ当たり前だけどね――…………和風コンビー、ログインしたみたいだけど逃げたー。村長、どうするー？」

「処す」

ひたすら自分たちにできることをしてクラーケン戦に参加してくれるプレイヤーを集めている。イチゴ大福さんの目がヤバかった――あとで聞いた話だが、休みをとってぶっ続けで遊んでいるせいでテンションがおかしなことになっているのが一番の原因――なので【わだつみのしずく】を交換してしまったのが運の尽きである。

現在ここにいるのは僕、ライオン丸さん、ディントンさん、あるたんさんにイチゴ大福さんである。

「おのれネクロマンサーめ！ 逃げおって！ っていうかいつの間に消えたんじゃ!?」

「ニャんでアタイはここにいるんだニャ……」

「一緒に遊んだ仲じゃないのー。もう立派な、ヒルズ村の一員よー」

「ニャんでニャ⁉」

すでにノリノリで猫口調なあたり素質はあるよ。

「黙っていないで手を動かすのじゃ！　一人でも、一人でも多く生贄（いけにえ）――じゃねぇや、仲魔もとい仲間を集めるのじゃ！」

「なぜだ⁉　【掲示板の皆さまお助けください】ってスレを建てたのに返ってくるレスがワロスだけなんだが⁉」

「ワロス」

「ちくしょぉおおお……」

顔がショボンになる。その様子を見た周りのみんなが、ブフォっと噴出したがどうしたんだろうか。

「まってくれ、マジでその顔どうやったんじゃ」

「顔……ああ、【デフォルメパック】のことか。顔アクセサリーの一つで、感情表現がデフォルメ化されるんだよ」

「なんでそんなものつけておるんじゃ……というかどこで手に入れた」

「イベント交換アイテム」

「そんニャのあったのニャ」

あったんよ。他にも面白いものが色々とあったから交換しておいた。

機会があったらお披露目しようと思う。まあ、それは脇に置いておいて、今は本題の人集めだ。

「なんとしても人を集めるのだ！　さすがに5人であのデカブツを倒せるとは思えない」

「アリス嬢ちゃんはソロでベヒーモス倒していたが」

「あの子は例外だよ！」

ついでに言うならイチゴ大福さんもそうなのだが、あの人は今ふらふらと虚空に向かって話しかけている。戦力にはならない。先ほどのボス戦で残っていた気力も使い果たしたようだ。

そもそもきっと来る的な幽霊を倒したのもほとんどイチゴ大福さんによるダメージだった。もしかしてレベルキャップ（現在基本レベル、職業レベル共に60）に到達しているのではないだろうか。

そして僕らはまだ50に到達していない。職業レベルのほうはアレコレ手を出しているせいでなおさら低いし。

ほんと、1パーティーでいいから来てくれないとヤバいんだけど。マジヤバ谷園（たにえん）なんだけど。

そう思って必死に書き込み続ける。

「誰か、誰か来てくれぇ！」

と、その時石碑が光り輝いた。

何故と、光のほうへ向くとあるたんさんが石碑を起動していたのだ。

「なぜだ！　なぜこんなことを」

「……わかっているハズニャ。こんニャことをしても誰も来ニャいって！」

「しかし、一人か二人ぐらいは来てくれるんじゃないか、そう希望を抱いてもいいはずだ！」

「希望ニャんてニャいニャ！」

「夢を見るのは自由だ！」

「でもこのままこういうことをしていても、むしろ誰も来ようとしニャくニャるだけニャ！　必死にニャって書き込めば書き込むほどにみんニャあえて無視するんニャよ！」

「だとしても——ところで、その喋り方気に入ったんですか？」

「実はけっこうこういうのも好きニャ」

あえて無視するのもそうだが、このゲーム遊んでいる人って基本的に悪ノリが大好きな人たちばかりだからなぁ……いや、そもそもＶＲＭＭＯを好む人って変身願望のある人とかはっちゃけたい人とか、そういう人が中心か。

　別の自分を演じる、抑圧している部分を解放したい。そういった内面が表に出てしまうからこそ、我々は悪ノリをしてしまうのである。

　ただまあ、だからって石碑をあっさり発動させたのは別の理由だろう。

「それで、なんで石碑を起動したの？」

「もう死んで楽にニャりたいニャ」

「わかる」

「そうじゃな」

「……もうこうなったら、この５人だけでもやるしかないよな」

実際、この負けイベントさっさと終わらせたいのは僕も同じだったが。

そうこうしているうちに、ゴゴゴゴゴと、触手が海の中から出現する。

BGMもやっぱりボレロが流れているし。すでに処刑用BGMにしか聞こえない。

「行くしかないのかッ」

「仕方がニャい。やるか！」

「まったくもう……さすがにこの人数なら、攻撃力もそこまでじゃないじゃろ」

「ところでー、アレいいの？」

僕らは海に向かって走り出したのだが、ディントンさんが後ろを指さす。

……なんか、イチゴ大福さんが倒れているんだけど。

「え、なんで倒れているの？」

「あーあれじゃな。寝落ちじゃな」

「VRなのに!?」

「VRでもじゃ！　体は楽な姿勢じゃろうが、起き続けているのには変わりない！　つまり、眠くなれば寝てしまうことがあるのは当然なのじゃ！　むしろ楽な姿勢をとっている分、なおのこと寝やすい！」

寝落ちも起きて当たり前のことである。さすがに僕はそこまでしたことはまだないが。

「…………なあ、最初の島破壊の触手に当たるとどうなるんだっけ」

「即死じゃな。地形破壊ギミックというか、イベントシーン的なものじゃけど当たった連中はみんな消えておったぞ」

「…………………4人でもがんばるぞ！」

「おうともよ！」

「やるしかないのねー」

「ニャんで巻き込まれているのか」

とりあえず飛び込んでいき、水中で奴の姿を再び見ることとなった。島を破壊した後触手を引っ込めて海底にも潜っていくところまでは分かっている。

基本的に触手による突きと、電撃の魔法を使ってくる。そして周りのメンバーを見回したが

――あれ？

「…………ねえ、魔法攻撃できる人」

「アタイは【踊り子】だからバフ専門ニャ」

「この前手に入れた『チャージビーム』しか使えんのじゃが」

「近接オンリー！」

「ディントンさんはエルフなのになんで近接オンリーなんですかね……」

魔法ステータスが死んでいる。一応、魔法ステータスが高い種族のはずなんだけど。

「あまり筋肉質なのは嫌だしー、少しでも身長大きくしたかったんだけどー……これが限界だったのー」

「まじかニャ。このロリ巨乳、リアルだと更に背が低いのかニャ」

「胸も小さくしたんだけどねー」

「マジかニャ!?」

エルフにすると、リアルより細身かつ身長が高くなるのです。なるほど、ディントンさんは体型で種族を選んだ人だったのか。その胸の大きさと身長の低さがリアルだと更に凄いとかどうなってんだこの人。

ちなみに、種族に関して僕やアリスちゃんはステータスを見て選んでおり、ライオン丸さんはロールプレイをするため。種族を選ぶにしても人それぞれである。まあ、各々リアル体型から調整はしているけどね。

「村長、現実逃避しておるところスマンが、もう無理じゃないかの」

「…………ええい！　やってやるしかないんだ！　一人あたり触手2、3本を何とかすれば本体を攻撃できるだろう！」

「それって、複数の巨大な敵に囲まれた状態で戦えってことじゃよな」

「————ああそっか」

「今頃気が付いたのか!?」

「いや、そっちじゃなくて……いや、それもあるんだけど。前にクラーケンは3パーティーぐらい必要って話をしたじゃん」

「したな」

「一、二人で触手を相手してひきつけておいて残りで本体狙うんじゃないのかな、コイツ」

前回は攻撃力が高すぎてこちら側がほぼ即死だったから気付かなかったが、本来はそうやって攻略していくボスなんじゃないかと思う。

現に、今攻撃を弾いたりして触手を何とかしているわけだが……意外と何とかなっているな。

「本体にはどうやって攻撃するんじゃ？」

「手数が足りないから無理だね」

いっそのこと本体へ突撃すれば何とかなるかなーとも思ったが、触手を引っ込めて高速回転し始めた。電撃も出ているし、逃げ場がねぇな。

「魔法攻撃を防御できる人がいればなぁ」

「ドリル、使えばいいんじゃないー？　アレで防御すれば魔法も弾けるんでしょ」

「いや、それがさぁ…………耐久値回復させる前に連れてこられたから、これ以上は無理だわ」

むしろインベントリに仕舞っておいて壊れないようにしたいです。っていうかした。予備武器じゃそこまでの威力は見込めないし。レイドボス戦だから死んでもアイテムが消える心配がないのだけが救いか。

「オワタ」

「お父様、お母様。今度の結婚記念日にはいつもよりもうちょっといいものあげるからアタイに力を貸してくださいニャ」

「無茶を言いおる」

直後、電撃と触手の連続攻撃で僕たちはどんどんＨＰを削られていく。

何とか触手を抑え込んでも別の触手が迫って来て潰され、電撃でマヒを食らうので結局動けなくなって一方的に蹂躙(じゅうりん)されるだけだった。

………よく考えたら水中での高速移動手段を考えておかないと一桁人数での攻略は無理だなコレ。炎魔法のジェット移動が効果低くなっているんだから避けようがない。そもそもＭＰが持たない。

結局のところ、ほとんどクラーケンのＨＰを削れないままに僕らはポリゴン片となって消えるのだった。

@@@

村に戻った僕たちは、ぼーっと空を眺めていた。

なんかもう、色々なやる気が吹き飛んでしまったのだ。ああ、空がこんなに青いなんて。

リスポーン地点が違うので、あるたんさんとイチゴ大福さんはここにはいない。

「…………もうすぐ水着イベントが終わりますねー。そしたらー次はー夏祭りイベントですよー」

「あと何日じゃったっけ……っていうかスパン短いな」

「１週間くらい先じゃなかったか？　でもまぁ……しばらくはどうでもいいかぁ」

「お空が青いですよねー」

「そうじゃなぁ……」

「……何事も、適切な量とか距離とか、あるよね。あと、良くない組み合わせ」

思い返せば、夏イベントが始まったあたりからそんなことばかりだったような気もする。

掲示板で見た桃子さんとニー子さん（どちらも推定だが）の女の戦いや、アリスちゃんに【武闘家】とか。それにクラーケン戦もそうだったたな。

「…………後半戦はもうちょっと平和でありますように」

「がっつり関わっている時点でありえないんじゃよなぁ」

「ははは。辛辣ぅ」

「どうにでもなれー……もう疲れたんで、帰りますね。お疲れさまでしたー」

「お疲れじゃー」

「お疲れー」

ディントンさんがログアウトし、ライオン丸さんも帰っていく。

僕もログアウトしようとしたが……また耐久値回復を忘れるところだったので、そのあたりだけ済ませてからログアウトした。

エピローグ

「水着イベントももう終わりに近いし、欲しいアイテムの交換もあらかた終わったからこうして適当に過ごしている日々なんですが…………なんでいるの？」

「うるさいっすよ！　例の桃色の悪魔がいないことを聞きつけて、釣り勝負を挑めるタイミングが今しかないとか、そんなこと別に考えていないいんだからね！」

「なにそのツンデレっぽいセリフ……男がやっても気持ち悪いだけだよ」

「……わかっているんすけどねぇ」

なぜか『マンドリル』さんと一緒に釣りをしている今日この頃。

先ほども言ったが、夏祭りが始まるまで暇だったから適当に遊んでいたら絡まれたんだが……この人も暇なのか？

ちなみに僕は暇だから釣りをしている。

「釣りでもポイントは稼げるっすよ。俺っちはこれで一発逆転を狙っているんす――あと、俺っちも人魚が欲しいです」

「確かに美人だったからなぁ……」

「そういえば、アンタ、ああいうのが好みなんすか？」

「ううん……貝殻水着が好きなだけ」

「………まだ若いだろうに、イイ趣味しているっすねあんた」

「それほどでもない」

「別に褒めたわけじゃねぇんすけど……」

わかっている。ノってみただけ。あと一応、健全な男子中学生だからそういう話題も多少はついていけるから。

そんなわけで釣り糸を垂らすが……これ、今日は釣れそうにないな。

「今日はもういいや」

「お、じゃあ俺っちの勝ちっすね」

「それでいいよ――あ、一つ忠告しておくね」

「なんすか、藪から棒に」

「………極々低確率なんだけど、エルダー（海）も釣れるんだよね、ここ」

ただし少しだけ仕様が違っていて、フィールドボス扱いだけど。強さは固定で、古代兵器的なのも持っていない。僕らが最初に4人で挑んだ時のエルダー（海）と同程度の強さなのだが……準備をしておかないとあっという間にタマ取られるぞ。

「ちょ、妙なフラグを――うわああ!?　でたぁ!?」

そんな声をバックに、村へと戻っていく。

大丈夫。そいつ、釣った相手を撲殺したら満足して海に帰っていくから。

いよいよ夏祭りが始まる。

「楽しみだなぁ」

「ちょ、助けて――」

キラキラ舞うポリゴン片がきれいだなぁ。

あと、さっさとこの場を離れないと僕がヤバい。ちょっと移動時に体を動かした感覚と実際のキャラの移動具合にズレがある。

「データ整理してパソコンの挙動を軽くするべきかな。あと、描画設定もいじったほうがいいか」

遠くの背景とか雲の細かい動きとか反映させていたらスペック追いつかなそうだし、そのあたりは軽減設定でもいいかなぁって思う。

エルダーの唸り声……そもそも口がないのに唸り声上げるのおかしい気がするが、そのあたりはスルーして、ターゲットにならないように注意しながら移動した。こういったモンスターはプレイヤーをターゲットしない状態が続けば勝手に消える。このあたりに初心者プレイヤーもいないから、注意喚起もいらないし放置安定。

ただ、とりあえずログアウトしておかないと妙な人に絡まれる予感がしたので、ログアウトした。キラキラと光る粒子が視界を覆いつくす直前、先ほどエルダーに消し飛ばされた人が「どこに行ったっすか!?」という叫び声をあげていた気がしたが、僕のログには何も残っていない。

残っていないったら残っていないのだ。

そして体が浮上するような感覚がやってきて、ゲーム内のアバターから現実の肉体へと実感が移る。ヘッドセットを外し、手足のバンドを取り払って体をほぐす。

「うーん……フルダイブ型最大の欠点は、体を実際に動かすわけじゃないからプレイ後に体が硬くなることだよなぁ。遊び過ぎるとマジで健康被害とか起きかねないから怖い」

だからこそのプレイ時間制限なのだが。

「さてと、書店にでも行くかぁ」

そういえば週刊ゲーム雑誌にＢＦＯ（ぶふぉ）のアイテムコードがついていた気がするし、それを買おう。

幸い、書店は歩いていける距離にある。

ほどなくして書店に到着し、目的の雑誌に手を伸ばそうとすると——誰かの手とぶつかった。

「あ、すいません」

「どうも」

そこにいたのは赤毛で高身長の男性で、ホリの深さが日本人のそれではない。どことなく会ったような気がする男性だが、特徴のある外見だけに見たら忘れないと思うんだけど……なんだろう、この妙な感覚は。

「はぁ……やっちゃったなぁ。やっちゃったんだよなぁ……なんで徹夜テンションで俺はあんなことしちゃったかなぁ」

イントネーションは明らかに日本人のソレ。その男性は僕も買おうとしている雑誌を手に取ってレジに持って行き、会計後にそのまま店を出た。

「なんだよ禊（みそぎ）のボスラッシュって。徹夜テンションにしてもひどすぎだろ……やっちゃったなぁ。

年下の人たちばかりだってのに、何やってんだよマジで。っていうかネコミミだからってニャ付け強要とか痛すぎるだろマジで……次顔会わせた時なんて言えばいいんだよぉ……」

なにやらものすごい後悔していらっしゃる様子だったが、ちょっと近寄りがたい雰囲気があったのでそれ以上聞くのが怖かった。

「……何だったんだろう？」

「人にはそれぞれの人生があるんでござるよ少年」

「いや、それはそうだろうけど……ござる？」

「おっといけないいけない。気を抜くと向こうの口調が……」

店員のお兄さん、普段は普通の口調なのになんでござるなんて言い出したんだ……？

「十兵衛さん十兵衛さん。ござるってどうしたのよ」

「クソッ、桃木君はそういうところ目ざとくツッコミ入れてくるなぁ！」

行きつけの書店の十兵衛さん（22歳独身。自キャラは大抵サムライチック）の妙な発言が気になるお年頃の桃木優斗君だぞ。ゲームが趣味の桃木優斗君14歳だぞ。

「面白そうな匂いを感じたから僕は引かぬ顧みぬ」

「いつか痛い目見るぞ、その調子だと」

「はっはっは……すでに蹂躙された後だよ」

「……何があった」

「ちょっとゲームで大失敗をね。で、蹂躙されて好物のたこ焼きを食べる気分を失くしたんだよ」

「ああ……タコ系の敵にやられたのか。こっちもつい最近やられてなぁ……」

「意外とグロイよね、あれ系」

「なぁ」

十兵衛さんとはゲーマー仲間として時折こうして適当にトークしている。まあ、深く突っ込んだ話をすると止まらないので、さわりの部分程度にしているが。そうしないと十兵衛さんの仕事に支障が出るからね。

「はぁ……こういう雑誌買わないでお金貯めれば新しいパソコン買えるかなぁ」

「さすがに君の歳じゃ難しいと思う。ゲーム用ってピンキリだけど、VRゲームならそれなりのスペックを求められるし、自然と値段も高くなる」

「ですよねー」

「どうしたんだよ」

「……ゲームの更新、要求スペック、求められる答えは？」

「把握した。まあ、中古か再生PC[※38]あたりで手頃なのを探すしかないんじゃないかな？　買う時は事前に調べて問題がないことをチェックしたほうがいいと思うけど」

「うう……ラグる[※39]フルダイブVRとか養成ギプスつけているようなもんだぞ」

「なんでそんな状態でまともにプレイできているんだ君は」

「慣れ」

【※38】再生PC。内部整備、プログラムインストール済みの中古PC

【※39】ラグる。タイムラグの発生。回線やハードのスペック不足で動きが鈍る

「普通慣れでどうにかなるものじゃないんだけどなぁ……まあ、桃木君だし仕方がないか——あれ？　なんだろう、この感じ覚えがあるぞ？」

十兵衛さんが何か頭をひねっているが、あまり長居し過ぎると夕飯の時間に間に合わないなと思い直し、さっさと雑誌を買うことにする。今回の付録は染色アイテムみたいだし……ディントンさんも買っていそうだなコレ。

「はい、これくださいな」

「あ、うん……ほれ、おつり」

「あんがとねー。じゃあ、またね」

「じゃあな……そういえば、今週号の付録まだチェックしていなかったな。って染色アイテムかー。ディントンさんあたりはダース単位で買っていそうだよなぁ」

店を出るとき十兵衛さんが何かつぶやいていたが、最後のほうは自動ドアが閉まってしまったので聞こえなかった。まあ、大したことじゃないだろうし気にも留めずにコンビニへ向かう。

季節は夏、ちょっとプレイ環境に気になる点はあるが限界まで遊び倒すぞーと気合を入れ直す。

さあ、次のイベントも楽しむぞ！

夏はまだ始まったばかりだ。まだまだ、楽しいゲームの時間は終わらない。

掲示板の皆さま助けてください　番外編　もしもの未来

かつて、ボトムフラッシュオンラインというゲームがあった。

オンラインゲームの宿命と言えばいいのだろうか、サービス終了という現実には勝てずに初の国産フルダイブ型ＶＲＭＭＯという話題性のあったタイトルも今や昔の話。過去の思い出となってしまったのだ。

サービス開始から始め、様々な出会いと別れ、数々の冒険と共に過ごした少年時代。今もパソコンの画像フォルダには当時撮ったスクリーンショットが眠っている。今となっては懐かしい思い出たちだ。みんな、元気にしているかな……。

「いや、パソコンの基本性能が格段に向上して、今までのままだともはやレトロゲーム扱いだったからサービス終了したですけど。結局、ボトムフラッシュオンライン２が絶賛稼働中じゃないかです。そして、ヒルズ村のみんなもいまだに現役ですよね」

「アリスちゃん、様式美（ようしきび）というものがあるのだよ」

「…………花の大学生、キャンパスで二人ゲームの話題しているのもどうかと思うですけどね」

「それを言っちゃおしまいだよ」

ボトムフラッシュオンライン２、略称ＢＦＯ２は旧ＢＦＯのシステムを引き継ぎつつ、新生したオンラインＲＰＧだ。一部ＢＦＯ時代のデータも引き継ぎ可能で、プレイヤーたちは広大な異世界を舞台に冒険する。

　データを何もかも引き継げるわけではないので、やはり過去の思い出となったアイテムたちも多いが、申請すればチーム情報は引き継げた。村はなくなったがチームヒルズ村は不滅である。

「というかお子さんも大きくなってみょーんさんも普通に復帰したのには笑ったわ」

「息子さん、普通にログインしてるんですけど……いいんですかね、まだ小さいのに」

「………」

「わかっているです。どの口が言うかってのは分かっているのです」

　いや、アリスちゃんのほうが当時年上だったけどね。みょーんさんの息子さんまだ年齢一桁だし。

「っていうか、それを言い出したら妹ちゃんも普通にログインしているですよね」

「ほら、僕の家族はは特殊中の特殊だから」

「自分で言うですか……」

「今更の話だし」

「たしかにそうですけどね……ところで、なんで今旧BFOの話を？」

「ほら、来週から当時の復刻イベントをやるって話だからなんとなく懐かしくなってね」

「ああ、クラーケン（超強化版）ですね」

「あの時はできなかったリベンジ、果たすぜ。今回集まったメンバーは前回の倍にもなるんだ。コンシューマー版とも同時接続可能になったことで増えたプレイヤーたち、戦いは数だよ！」

「…………あのぉ、当時の再現で人数に応じて強化される仕様も再現しているですよ。当時、さすがにまずいってことであれ以降は調整されたあの仕様が」

「────やっぱり、リベンジなら当時を超えていかないとね☆」

「確信犯ですこの人⁉」

何を当たり前のことを言い出すのか。日和ったリベンジなど意味がない。あの絶望を超えたときこそ、真にＢＦＯを攻略したと言えるのだ。

「これはまた、蹂躙コースですね……」

「さあ、というわけで全力で爆弾を集めるぞ。目標は一人一爆発だ」

「まさかの人間魚雷です⁉　いくらゲームの中だっていろいろな意味でアウトですよ⁉」

「すでにめっちゃ色々さんとライオン丸さんは量産体制に入っている。これから僕も合流しなくては」

「ちょっと⁉　お兄ちゃん────じゃなくて、優斗さん！　待ってくださいです！　カギを忘れているんだからアリスと一緒じゃないと家に入れないって言っていたじゃないですか！」

形あるものにはいつか終わりは来る。人の関係性も同じままではいられない。少しずつ、変化していくものもある。

だけど、変わらないものもあるし、変わったとしても残るものもある。

願わくば、いつまでも────。

「なんかかっこよさげに締めようとしているのわかっているですからね！　何年の付き合いだと

思っているんですか！　それに冷蔵庫の中身残っていないですから先にスーパーに行くです！今晩のおかずがないですよ」

「……コンビニ弁当じゃダメ？」

「少しの気のゆるみが浪費のもとです。アリスの目の黒いうちは過剰な浪費はカットです。ただでさえ気が緩んで課金しちゃうのに」

一つ言える確かなことは、僕の財布のひもはアリスちゃんに握られてしまったということである。

なんだかんだ言いつつも、こうして付き合い方は変われど、ゲームの時間は終わらないものだなぁとしみじみ思う僕であった。

あとがき

2巻です。まさかの2巻です。

というわけで掲示板の皆さま助けてくださいの2巻でございます。大事なことなので3回言いました。

今回の内容はWeb上で公開してから、書籍化まで前巻よりも間が空いていることもあり、自分でもここどういう感じだったかなぁと思い返しながらの修正作業となっていました。自分でも結構忘れていた部分があったり(笑)。いや、笑い事じゃないかもしれない。

じつはちょいちょいWeb版とは設定を変えている部分があります。大きく変更しているわけではないのですが、改めてキャラ設定を起こす際に手を加えています。

とりあえず、内容に関したちょっとした解説もどきはここまで。ここから先は興味ないかもしれませんが作者のオンラインゲームの思い出でも。

作者が初めて触れたオンラインゲームは横スクロールのMMORPG。いったい何年続いているんだアレ……このあとがきを書いている時点でまだサービス中というのが恐ろしい。なお、アカウントの登録情報を更新しなければならない期間があり、その時に受験シーズンの中にいた作者はそれを知らずにそのまま放置。そして思い出してログインしようとしたらさぁ大変。実質使用不可(笑)。皆さんは運営からの重要メールぐらいはこまめに見ておきましょう。

もう一つ思い出のあるゲームは某狩りゲーのオンライン版。有名なタイトルですし、コンシューマー版ならプレイした方も多いのではないのでしょうか。なお、これを書いている人はオンライン版からコンシューマーに入った稀有なタイプです。

オンライン版、運営会社は一度名前が変わっているのですが、名前が変わる前に遊んでいてそちらもリアル都合で一度離れてアカウントが使えなくなった……こんなんばっかな作者である。

こちらは一度アカウントを作り直して、暇な時とかちょっとやってみたくなった時に復帰する程度でそこまで本腰を入れてはいなかったのですが（というより、長期化したオンラインゲームにありがちな話ですが、インフレがすさまじいことになってモンスターがとんでもなく強くなっていた）、サービス終了の話を聞いて思い出のあるゲームだし、最後の瞬間には立ち合おうとログインしていました。クエストにも行かず、広場でずっと腕相撲していたけど（笑）。基本連打ゲー。

そして、いよいよサービス終了というタイミング。皆の心に過ったのはひとつの思い。あれ？強制ログアウトのはずが……動けるよ？　プレイヤーが多い上にサーバーやチャンネルも多かったですから、順次ログアウトのところ最初と最後で結構時間差があった模様。

そして我々は動いた……というか、扇動してしまった。残り数秒か数分か知らないけど、最後にクエストに滑り込んで狩りに行くぞ！　と。

そして駆け込むクエスト受注――あ、ダメだ閉まっている。気球に乗って連続でクエストに行くほうなら稼働しているのでは？　ということでそちらに駆け込み、クエスト受けられる！　と叫んだ扇動者（いそがばまわる）。受注、そして行くぞというタイミングでサービス終了のためログアウト。まさに最後の瞬間にしか楽しめないドタバタ劇です。あと、もしかしたらこのあとがきを読んだ方に心当たりのある方もいるかもしれませんね。胸の内に仕舞っておいてください。

というわけで、オンラインゲームはいつか終わりの来るものですが、経緯はどうあれ最後の瞬間を楽しめればいい思い出で残るのではないでしょうか。

ロポンギーとゆかいな仲間たちもそんな愉快な思い出となることを祈り、2巻を読んでくださった皆様に感謝を。

二〇二一年八月吉日　いそがばまわる

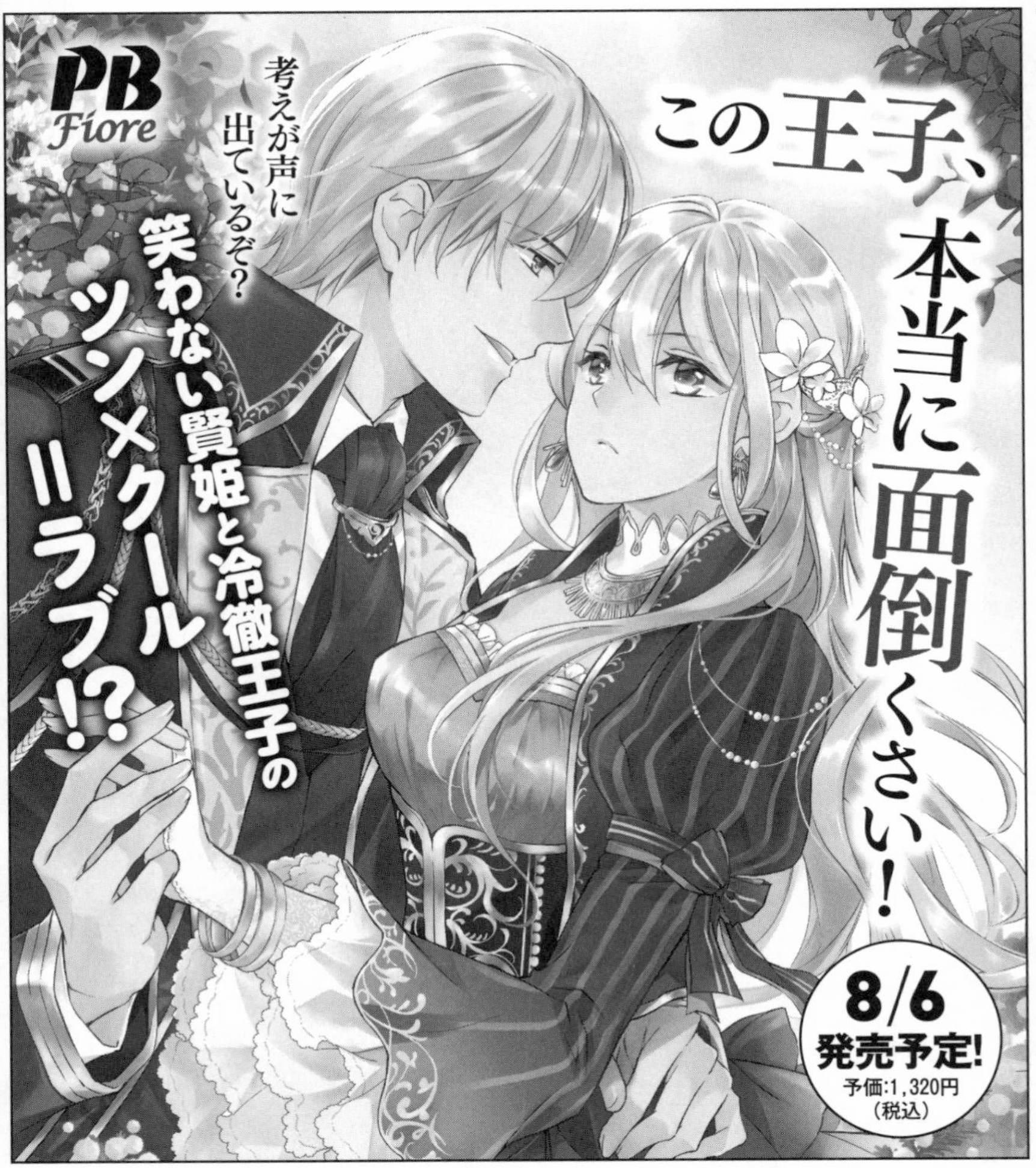

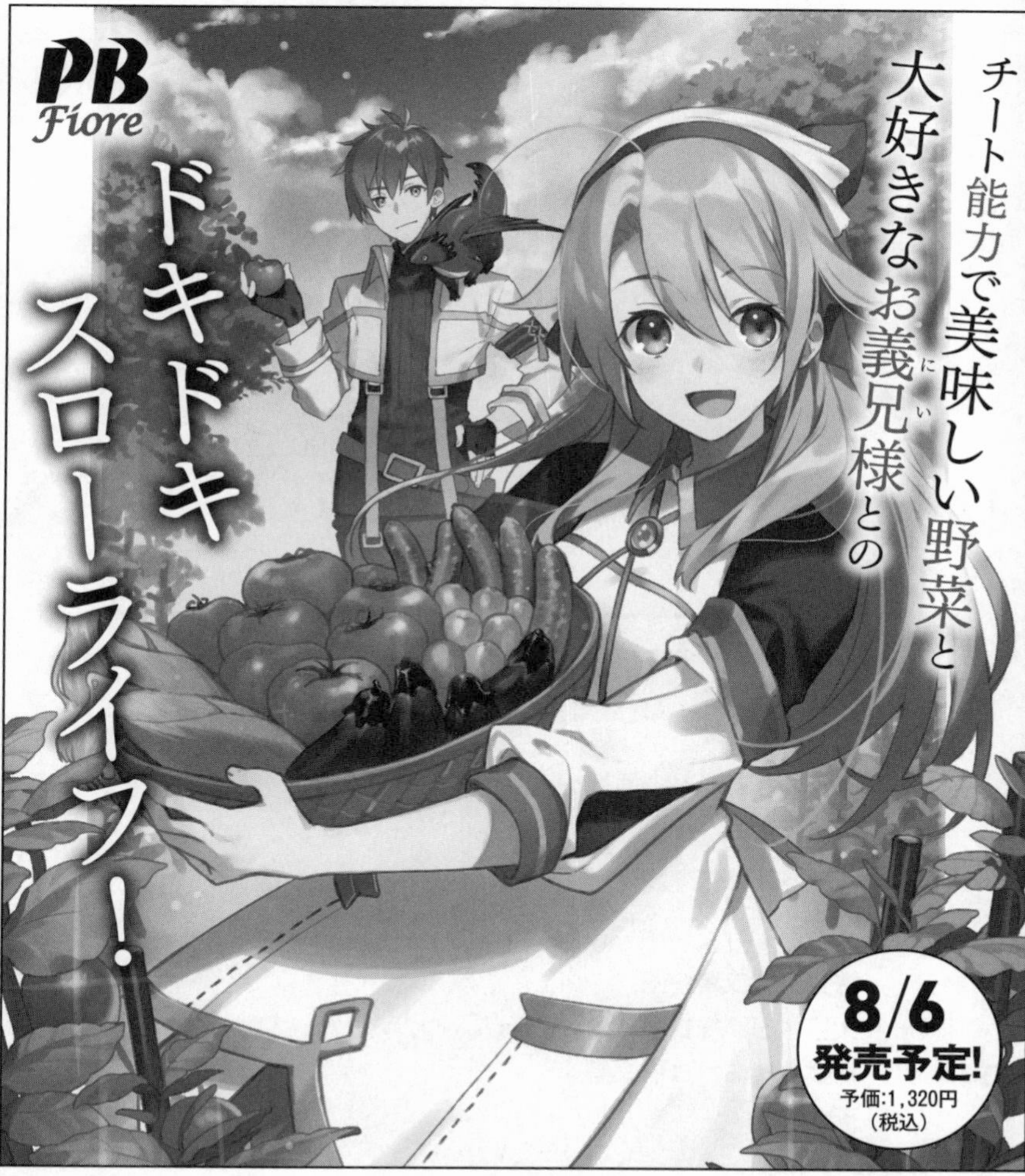

この本を読んでのご意見・ご感想・ファンレターをお待ちしております。
〈宛先〉　〒104-8357　東京都中央区京橋 3-5-7
　　　　　（株）主婦と生活社　PASH！編集部
　　　　　「いそがばまわる先生」係
※本書は「小説家になろう」（https://syosetu.com）に掲載されていたものを、改稿のうえ書籍化したものです。

掲示板の皆さま助けてください　2

2021年8月16日　1刷発行

著　者	いそがばまわる
編集人	春名 衛
発行人	倉次辰男
発行所	株式会社主婦と生活社 〒104-8357　東京都中央区京橋 3-5-7 03-3563-5315（編集） 03-3563-5121（販売） 03-3563-5125（生産） ホームページ　https://www.shufu.co.jp
製版所	株式会社二葉企画
印刷所	大日本印刷株式会社
製本所	株式会社あさひ信栄堂
イラスト	落合雅
デザイン	Pic/kel
編集	松居雅

ISBN978-4-391-15625-6

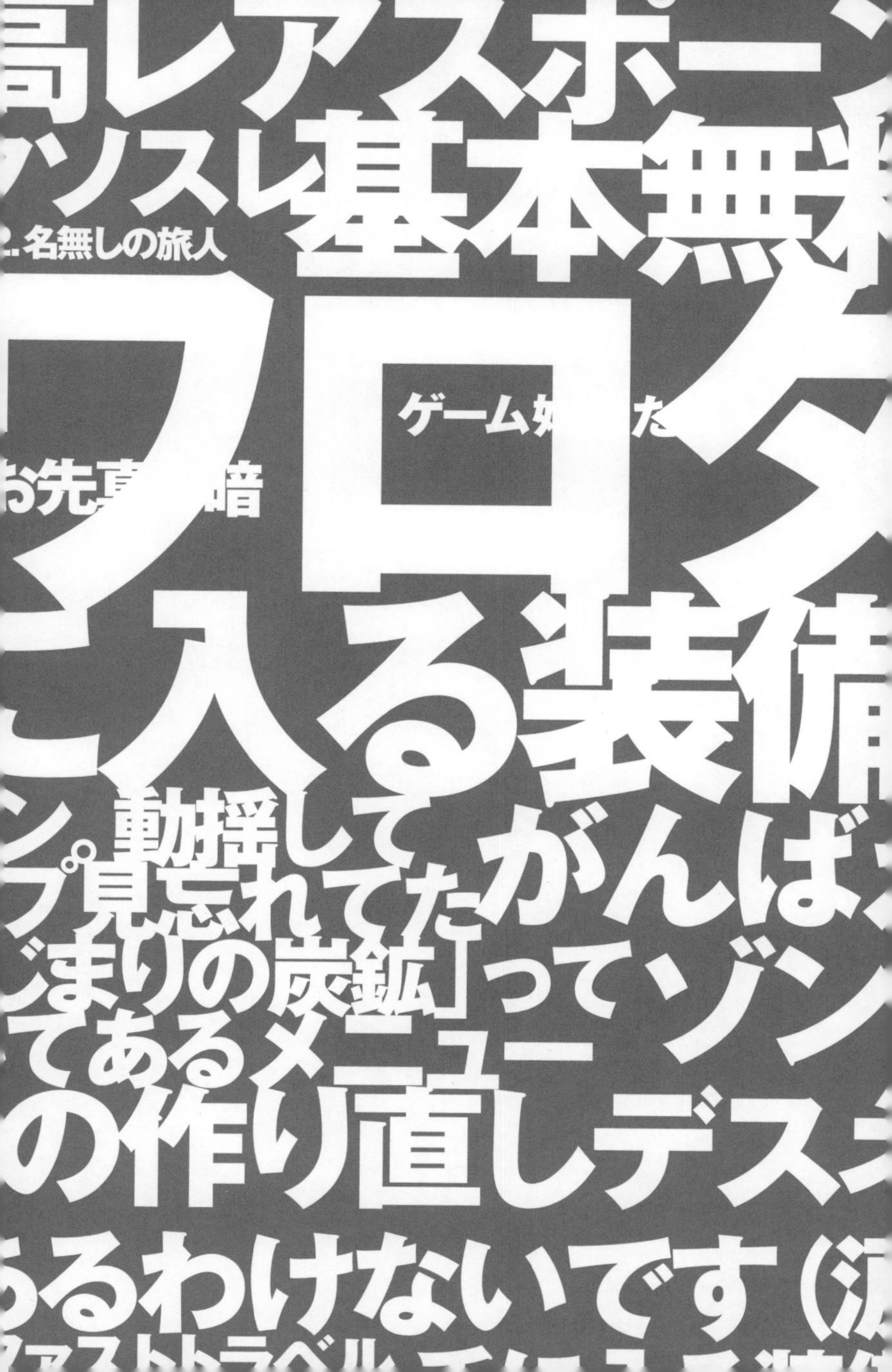
レアスポ
ソスレ基本無
名無しの旅人
ゲーム
お先
暗
入る装
動揺して
ブ見忘れてたがんば
まりの炭鉱」ってゾン
であるメニュー
の作り直しデス
るわけないです（
ファストトラベル

動揺して
見忘れてた
まりの炭鉱」
?ある
魔法使い
ggrk
ww
高レアスポーン
質問じゃないた
屈したみたいで